AF484287

LA *Vida* SIMPLEMENTE

••• EDICIÓN DIGITAL •••

Óscar Castro

La *Vida* SIMPLEMENTE

Óscar Castro vivió solo 37 años. Un rancagüino, poeta, novelista y cuentista nacido en 1910 y fallecido en 1947.

En sus casi cuatro décadas de vida, de gran intensidad, escribió 12 obras, de las cuales solo siete se conocieron mientras vivía. Dentro de su obra lírica se puede mencionar: Camino en el alba, Viaje del alba a la noche, Reconquista del hombre, Rocío en el trébol, Glosario gongorino.

Entre su producción de cuentos y novelas se cuentan: Huellas en la tierra; Llampo de sangre, Comarca del jazmín; La vida simplemente; Lina y su sombra; Lucero; El valle de la montaña.

NOTA PRELIMINAR

Presentamos al lector esta obra que ha sido editada con el propósito de traerla de vuelta desde el pasado y acercarla al lector actual, en especial, a las nuevas generaciones, con el fin primordial de fomentar la lectura en el individuo común y corriente que tal vez no es lector habitual. Y al que sí lo es, también le ofrecemos el tesoro de una obra de la literatura chilena clásica que poco se lee en la actualidad.

Es preciso aclarar que el trabajo realizado no se trata de un rescate histórico sino de un rescate literario. Sabemos que el vocabulario de antaño constituye un aporte valioso, pero también estamos conscientes de que el lenguaje está vivo y cambia con el paso de los años.

Editar la obra en ningún caso ha significado degradar el lenguaje, quitarle valor al texto o pasar a llevar al autor. Todo lo que se ha hecho es reemplazar algunas palabras por otras de uso más cotidiano o actual, cambiar levemente ciertas estructuras gramaticales en cuanto a su orden, presentar los tiempos verbales sin un exceso de pronombres pospuestos al verbo (p. ej. "parecióme"), actualizar ciertos aspectos tanto de acentuación como de ortografía literal y modificar detalles de la puntuación. Las aclaraciones de las notas al pie se han realizado para no cambiar palabras que realmente no tienen sinónimos exactos o que se ha considerado necesario conservar y explicar. Se ha tomado como fuente de referencia, en la mayoría de estas, el diccionario de la RAE, sin embargo, en otros casos hemos tenido que acudir a diversas fuentes de información.

Todo lo que se ha hecho ha sido con el máximo cuidado, con muchísimo respeto y un profundo amor por la literatura.

PRIMERA PARTE

La casa del farol azul

I

El tren de los mineros pita tres veces cuando las primeras casas del pueblo surgen en la distancia. La calle que corre paralela a la vía férrea —la última de la ciudad por el sur— empuja rostros curiosos a cada ventana y a cada puerta. Surge el muchacho desharrapado y mugriento a quien el alarido del silbato y el resoplar de las calderas hizo abandonar su trompo en el patio interior. Surge la mujer con un hijo esmirriado en los brazos, y por frente a sus ojos van cruzando los pequeños vagones con las ventanillas taponadas de rostros duros y curtidos. Surge el obrero cesante que aguarda al amigo que viene "de arriba" con los bolsillos pesados de billetes. Y la locomotora sacude sobre los techos bajos y cariados el humo espeso de su chimenea, remeciendo los trozos de vidrio que por casualidad quedan intactos en alguna vivienda. Son las tres y quince minutos. En las ventanillas de los vagones aletean manos morenas; otras manos responden desde abajo; y el trencito, más que vidas humanas, lleva una carga de esperanzas.

Esto sucede todos los días. Siempre hay rostros asomados a las ventanas a las tres y quince de la tarde. Siempre hay manos que saludan y manos que responden. Siempre hay una mujer triste que ya no aguarda nada y que contempla, sin embargo, cómo pasan los vagones por frente a sus ojos que se cansaron de mirar la vida.

La calle es una cosa olvidada por los que viven más al centro. Tiene casas por un solo lado, y el viento del sur, tras galopar por los potreros libres, viene a estrellarse en ella como en un gris tajamar. Hay paredes ruinosas por todas partes; perros echados al descuido sobre la tierra caliente; matas de zarzamoras, yuyos, achicorias y un agua que corre pesadamente por sobre un lecho de cieno. El viento del invierno zumba y sube en los alambres que van por el lado de la línea. Y éste es el latido de la calle, su pulso quejumbroso.

Entre las casas hay una pintarrajeada de amarillo y café, con un farol de lata y vidrios azules colgando a su puerta. Hacia adentro sigue un pasadizo que desemboca en una vasta sala. El piso está cubierto por una alfombra llena de roturas. Hay un piano veteado de manchas, con un candelabro de menos y unas teclas ahumadas y fúnebres. En las paredes pintadas con carburo cuelgan viejas litografías que representan escenas de amor. La luz es sucia, grasosa y cae como una desgracia sobre las sillas de tapiz raído y chillón, arrancando aquí y allá una hebra de brillo mortecino.

De esta casa salen por la noche carcajadas, cantos, discusiones. A veces, unos gritos, unos insultos tremendos, un quebrarse de vasos o botellas. Pero el piano vuelve a sonar y pronto empieza de nuevo el canto. Alguno está tirado por ahí, en un rincón, durmiendo obligadamente su borrachera. Alguno salió hacia la noche, maldiciendo. Alguno se quedó boca arriba, inmóvil bajo las estrellas, con un tajo en el pecho. Cuando esto último sucede, la calle se llena con un ruido de sables y de cascos. El sargento Godoy, pesado, coloradote, destaca su corpachón inmenso bajo la chorreadura azulosa del farol. Rebrillan los botones en su pecho abombado y repiquetean sus firmes espolines. De la casa van saliendo mujeres ebrias, clientes que vociferan, guardianes que amenazan con sus revólveres. La Vieja Linda, dueña del prostíbulo, se echa un chal de lana sobre los hombros y es la última en abandonar la casa, como el capitán de un barco que se hunde. Ya en la puerta, imparte las instrucciones finales al Saucino, su hijo, un pavote de catorce años que mira con ojos sesgados y huidizos a los policías.

—Si viene gente —le encarga— dile que vuelva mañana, porque yo ando en la comisaría con las chiquillas... Y no se te olvide de cerrar.

Después se vuelve hacia el sargento:

—¿Vamos andando, Bernardo?

El cortejo prosigue calle abajo, en dirección al cuartel de policía.

Al día siguiente, el piano está sonando de nuevo y se oyen adentro los gritos de siempre.

La vieja Linda es amiga de los mineros. Allí llegan todos, ansiosos de vino y mujeres, tras pasarse ocho o diez meses en los socavones amargos de humo y tinieblas. Traen plata, y ella sabe dominarlos con su palabra fácil y jugosa:

—Engreído te habías puesto, niño. Hacía tiempo que me estaba acordando de vos. Y aquí las niñas comenzaban a echarte de menos.

Ofrece generosamente al ingrato un trago por su cuenta, como quien echa una carnada, y al fin los billetes vienen a caer, arrugados y grasientos, en la cartera de cuero que duerme entre sus flácidos pechos.

—A ver, Hortensia, cántale al Vito.

El salón se anima con su presencia. En la mesa central se amontonan botellas de vino y cerveza. Jacintito, amable como una colegiala bien educada, toca el piano y acepta entre remilgos una media botella de "Pilse". La cosa toma vigor. Se bailan cueca y vals. Llegan más bebedores y las mujeres a medida que ingieren alcohol, empiezan a perder escrúpulos.

—Conmigo te vas a quedar, m'hijito, ¿no es cierto?

Se sientan sobre las rodillas de los hombres, restregando su carne sobajeada contra las manos torpes. Las bocas se besan con fingido ardor, entre risotadas, pellizcos y agarrones equívocos. Los mineros se dejan conquistar y vencer por las palabras cálidas de estas mujeres que quisieran dormir semanas o meses en vez de hallarse en este pobre salón.

Las parejas desaparecen hacia adentro, como empujadas por la voz de Jacintito que canta el último vals con la actitud de un pollo que se traga una pepa de sandía. La Vieja Linda recoge botellas a medio vaciar para ir llenando, con los restos, otras que llegarán al pedido del cliente rumboso.

Parado en la puerta de calle, dormitando como un perro, está Menegildo, el Sacristán, con su cara siempre a medio rapar, su pelo corto y su gesto de asombrada torpeza. Es el "loro" del prostíbulo, el encargado de avisar cuando viene "la comisión", y parece hallarse satisfecho de su oficio. Lo cumple a conciencia, como un rito. En agosto, el viento le corta las carnes, pero él no abandona su puesto y allí se queda, encogido bajo su gruesa manta de Castilla, tiritando. A veces, compadecidas de él, las niñas le traen un brasero y el Sacristán extiende sobre los carbones humeantes sus manos largas y suaves. La luz azul de arriba y el resplandor violento del fuego, lo definen. Su frente es celeste y su barbilla cobriza. En medio de la cara, los ojos son un hueco sin contornos, llenos de misteriosa y espantable vida. Los labios aparecen morados por el reflejo del farol. El Sacristán está siempre pronunciando palabras de vago sentido, como si soñara. A veces diríase que reza. En otras canta himnos litúrgicos, inocentes o graves, que se confunden con las risotadas, blasfemias y chillidos que llegan desde adentro.

Menegildo es amigo de todos los rapaces del barrio. A veces, en verano, los chiquillos eluden la vigilancia materna para llegar hasta él. Su palabra corporiza entonces historias inverosímiles que su auditorio capta con un estremecimiento de pavor. Toda la vieja superstición de los campos tiene su guarida en el alma del Sacristán. El caballo que galopa de noche por los caminos con los estribos sueltos, llevando a la muerte sobre sus lomos; las luces que delatan los entierros; las orgías de los brujos en la Cueva de Salamanca; el alicanto, el guirivilo, el chuncho, los conjuros... La calle se puebla de fantasmas y espectros, y los rapaces, al irse, presienten ojos terribles y frías manos que los aguardan en la oscuridad.

Mis primeros recuerdos de infancia, así mezclados o confusos, parten de la figura azul y roja de Menegildo. Yo era uno de los tantos chiquillos descalzos que acudían a beber fantasías en sus labios. Mi casa quedaba a media cuadra del prostíbulo, a la vuelta de la esquina próxima. Allí vivía con mi madre y mis tres hermanas. Siete años tendría yo por aquellos tiempos. Siete años audaces, inescrupulosos y violentos. Conocí la miseria y la podredumbre humanas demasiado pronto, y tal vez por ello no me produjeron extrañeza ni repulsión. Me parecían cosas naturales el tobar y trabar pendencia. Tuve fama de bebedor y de diestro en el vocabulario arrabalero en el tiempo en que otros niños aprenden en la escuela sus primeros palotes. Mi mundo era la calle, era la vía férrea, eran los cuartos de las prostitutas, era el salón en donde bailaba desnuda la Ñata Dorila. Una vez vi a un cochero borracho tajear a su caballo hasta vaciarle las tripas, porque no quería tirar; después limpió su cuchillo en el pasto nuevo de la cuneta. Otra vez presencié la riña de dos mujeres y las vi rodar a la acequia con excrementos, unidas en un esfuerzo que era mordisco y arañazo. Todo eso fue para mí la vida, y así me figuré que era para todos: un terreno en donde triunfa el más guapo y el más agresivo; un mundo en el cual solo era posible sobrevivir por la astucia y la deslealtad. Pegar primero; he ahí la ley. Y, ya vencido, fingir acatamiento y mansedumbre para asestar enseguida el golpe a mansalva.

Mis maestros fueron seres curtidos por el vicio y por la vida. Allí estaba el Diente de Oro, un hombre de pausados movimientos, habla inmóvil y ojos escurridizos. Una siniestra aureola de pavor andaba vistiendo cada gesto suyo. No era el que amenaza o hiere, sino el que mata. Lo veo todavía penetrar al prostíbulo con su cara recién afeitada, su terno azul marino y sus zapatos amarillos de afilada punta. Lo veo sentarse en el sofá del salón y sacar los billetes a puñados para pedir poncheras y música y cerveza. Lo veo borracho, erguido como una torre, silencioso en su semiinconsciencia, rasgando de un tirón preciso los vestidos de las mujeres, como animal que da un zarpazo a una res indefensa. Pero después pagaba los perjuicios con una generosidad escandalosa.

Era el ídolo de las prostitutas, el macho por excelencia, el amo que no conoce la inflexión del ruego. Todas, desde la Rosa Hortensia hasta la asquerosa Vacunadora, se habrían dejado matar gozosamente por él. No era el alharaquiento que vocifera para esconder su cobardía. Era el que sabe, el que saca el cuchillo en el momento justo, el que no da explicaciones ni las acepta.

Había en él un sentido heroico y fiero de sus derechos. Una noche, me acuerdo, llegó vacilando hasta el pasadizo del prostíbulo. Parecía ebrio, pero no lo estaba. Menegildo miró con espanto sus facciones endurecidas, sus crispadas mandíbulas, su trágica estatura. El Diente de Oro pasó hacia adentro y fue a dejarse caer en el sofá de siempre. Las niñas acudieron una tras otra. Y, de repente, la Rucia Clotilde dejó escapar una especie de queja: "¡M'hijito! ¡Viene herido!". Sobre la alfombra goteaba la sangre rebelde y negra del hombre. Su brazo izquierdo, apretado al pecho, quería contener la hemorragia. Trataron vanamente de apartárselo de allí, las mujeres. Él, con voz entera, las calmó: "No es nada; un rasguñón". Pero vacilaba. Pronunció una palabra más: "Aguardiente". Y cuatro hembras se abalanzaron hacia adentro para traérselo. En presencia de todas, sin permitir que nadie le ayudara, deslizó hacia abajo la manga de su chaqueta, rompió el chaleco y la camisa y se tiró la copa de aguardiente en una espantable herida que le rebanaba el costado desde la tetilla hasta la axila. "M'hijito...", insinuó la Rucia Clotilde.

Y recibió por toda respuesta un "¡Cállate!" inflexible y rotundo. Se vendó él mismo con un trozo de camisa que le trajeron y solo requirió ayuda para que le hicieran los nudos. Pasó tres días en el burdel, atendido por las mujeres, y al cabo de ellos se lanzó a la calle con su misma calma de siempre.

—Tiene que haber sido a la mala...

—Y de otra manera, cómo...

Ninguna de las mujeres lo dudaba. Tuvo que haber sido a la mala. Frente a frente, nadie podía herir al Diente de Oro.

Yo esperaba imitarlo en todo para merecer aquel siniestro respeto. Hasta tenía proyectado mandarme colocar un diente de oro y dejarme crecer los bigotes en la misma forma que los usaba mi modelo. Yo ganaría plata para comprarme un reloj con cadena, un pañuelo verde y granate y una camisa de rayas anchas como las que lucía el Diente de Oro.

En los arrabales resulta más fácil ver la muerte de cerca; mirarle la cara sombría; sentirla cómo sale de las sombras y se proyecta de repente en toda su desnuda grandeza. El heridor del Diente de Oro había sido el Borrado Orellana, contrabandista de aguardiente y capitán de una gavilla que surtía a todos los "pisqueros" que iban al mineral. Asuntos de dinero o qué sé yo. Una noche el Borrado llegó con tres compinches al prostíbulo de la Vieja Linda y mandaron cerrar las puertas para solazarse con mayor libertad. El Borrado era un hombre rechoncho, con grandes huellas de viruela en la cara; de ahí su apelativo. Tenía una risa seca y poderosa, casi agresiva, y unas manos fuertes y duras como pedazos de adoquín. Cuando algo comenzaba a disgustarlo, soplaba por un lado de la boca, se hundía las manos en la pretina de los pantalones y se quedaba mirando a cualquiera con sus ojos inmóviles y sombríos. Entonces, por lo general, se hacía un círculo de silencio en torno suyo y hasta Jacintito apenas acariciaba las teclas del piano para no atraerse las iras del hombre.

Así aquella vez. De repente, el Borrado abandonó su actitud para expresar con tono de amenaza:

—¡Quiero acostarme!

—Está bien, pues, hombre. Escoge tu mujer, trató de bromear la Vieja Linda, señalándole a sus pupilas.

—¡Quiero acostarme con la Rucia Clotilde!, bramó casi Orellana, buscando a la mujer por el salón.

—¿Y por qué esa, si hay tantas otras?, rogó con voz inquieta la Vieja Linda.

—¡Porque me gusta! Y aquí hay plata... Y si no quiere plata...

Deslizó su mano a lo largo de la cintura, marcando los contornos de un cuchillo que tenía por lo menos una cuarta de largo.

Las mujeres callaban y hasta Jacintito dejó de tocar.

—Dorila, tráeme a la Clotilde.

Intervino la Vieja Linda:

—La Clota está quedada.

—¿Y con quién, a ver, con quién, si yo pagué para que cerraran las puertas?..., tronó, desesperado, el exigente.

Entonces, en la entrada del pasadizo interior, divisamos, majestuosa, la silueta del Diente de Oro.

—Conmigo.

El Borrado resopló como nunca. Desconcierto, rabia, estupor, quién sabe lo que pasó por su cara.

Detrás del Diente de Oro apareció Menegildo, siniestro como nunca, con una sonrisa de cínica complicidad en su rostro, por lo común inexpresivo. En su mano tenía un revólver del doce, un arma pesada y amenazante en su tamaño.

—Borrado, en el patio te espero, dijo sencillamente el Diente de Oro, Y dirigiéndose a los otros tres:

—Y ustedes, no se muevan, porque a Menegildo se le puede salir un tiro.

Yo estaba en una esquina del salón, tembloroso hasta la punta de los pelos, y vi como salieron los dos hacia la noche. En mi interior, creo que recé fervorosamente por mi héroe. Hubiera querido escapar hacia la calle libre, llamar a todo el mundo para que impidiera el duelo. Pero en el recinto había un silencio tenso, casi palpable, y las caras eran como máscaras petrificando un gesto. La Ñata Dorila destrozaba un pañuelo con los dientes; la Rosa Hortensia tenía un grito preñándole la garganta; la Vieja Linda escuchaba con todo su cuerpo; conectaba con el interior cada uno de sus sentidos. Tan solo el Sacristán mantenía su sonrisa triunfante, de seguridad y desdén, de jactancia y de valor inconsciente.

Afuera se oía ya el rumor de la lucha jadeante y brutal. Era un ruido de cuerpos al desplazarse y al saltar; alguna blasfemia inconclusa; el resoplar potente del Borrado, cuyo gesto de expeler el aire por un ángulo de la boca se corporizaba en la mente de todos. Yo podía casi verlos, bajo la gran luna de marzo, allí frente a frente, echando sus negras sombras en el patio de tierra. Hubiese querido correr y mirar, pero estaba clavado en el ángulo del salón, en la única parte intacta de la alfombra y contemplaba las flores rojas y felpudas del suelo, como un presentimiento de las otras flores vivas y espesas que se ofrecerían a mis ojos en unos instantes más.

Los tres compinches del Borrado se quemaban en una rabia impotente y corrosiva. Uno de ellos, el Chacarero, tenía los dedos entrecruzados y yo veía cómo las uñas se le ponían casi blancas por la fuerza con que los apretaba. Otro, un retaco de piernas arqueadas, cortó en dos con los dientes el cigarrillo que se le había olvidado en la boca. El tercero miraba al Sacristán con un rencor filoso y homicida.

Afuera rodó un macetero. Se escuchó el ruido sordo de la greda al romperse y luego el crujido de un pie que trituraba los fragmentos. Después chasquearon como papeles arrugados las hojas de una mata de bambú. Y, casi en seguida, dos voces que se confundían, una de ellas implacable, triunfante; la otra más débil, desbordada de una infinita ira impotente.

—¡Toma, toma, to…ma!

Cada uno sintió que el cuchillo penetraba en su propia carne, una, dos, tres, ocho veces. Y después un silencio, un silencio en que habría podido escucharse correr la sangre por las venas. Menegildo acentuaba su sonrisa a cada uno de los "¡Toma!" que se oían afuera y al final yo pude ver que tenía ganas de aullar o de disparar su revólver. En ese momento se oyeron unos trancos calmos y familiares. Y vimos otra vez al Diente de Oro. Dramáticamente pálido, pero sin un temblor en sus manos, envolvía el cuchillo en una tira larga y angosta que se iba tiñendo de rojo. Traía desgarrada la camisa y cortado el pañuelo de seda; en el pómulo izquierdo, una larga raya sangrante, como si le hubiesen dado un fustazo con un alambre fino. La Rucia Clotilde, que venía por el pasadizo, solo con una enagua que traslucía todo su cuerpo, atravesó el salón y se colgó del cuello del hombre:

—¡M'hijito!... Y no me dijiste nada..., no me dijeron nada... ¡M'hijito!

Lloraba con fiereza, con amor, con espanto y ternura.

El Diente de Oro la apartó sin mirarla, y la hembra, al volverse, mostró sus pechos que se habían teñido de sangre al tocar el cuerpo de su amante. Se llevó allí las manos, aterrada, y se quedó mirando los dedos, sin comprender. Después volvió sus ojos, muy abiertos, hacia el Diente de Oro. Este decía algo al oído del Sacristán, el cual se rió ampliamente, con una mueca espantosa, antes de dirigirse a los hombres que tenía bajo su custodia.

—Ustedes, a la otra pieza, les dijo, y agitó su revólver para acentuar la orden.

Los otros se desplazaron con lentitud, como si les pesaran las piernas. Menegildo vigilaba cada uno de sus movimientos.

En la pieza contigua lo escuché farfullar, temblante de coraje:

—¡Ya, los tres juntos en ese rincón! ¡Ya, vos también!

Su tono hacía visible el movimiento de cada uno de los forajidos.

El Diente de Oro indicó a la Vieja Linda con un gesto que se llevase a Clotilde. Hubo una confusión de mujeres, y entre todas arrastraron a la Rucia hacia su cuarto. Tuvieron que llevarla en vilo, unas sujetándola por los muslos y otras por los sobacos. Pude atisbar de lleno sus nalgas rotundas y su flanco carnoso en que se destacaba, inconfundible, la huella de un mordisco. Ella pataleaba silenciosamente, respirando como una yegua, y tenía cogida por el pelo a una de sus compañeras.

El Diente de Oro se marchó hacia adentro y salió después de unos minutos cargando un saco al hombro. Del bulto goteaba a trechos un líquido pesado y viscoso que se confundía con los dibujos de la alfombra.

De pronto, el hombre levantó los ojos y se quedó mirándome, como si por primera vez en su vida reparase en mi persona. Yo hubiera querido hallarme en casa en ese instante, metidito en mi cama, hojeando alguna de las revistas que tenía mi hermana mayor en un cajón azucarero. La mirada de mi héroe inmovilizaba una amenaza en sus pupilas de encrucijada.

—Vos, ¿estabas aquí, cabro?, me preguntó.

—Sí..., pude al fin musitar con un hilo de voz.

—Anda a destrancar la puerta.

Enfilé hacia la calle por el crujiente pasadizo, sintiendo a mis espaldas los pasos lentos, más pesados que nunca, del Diente de Oro. El viento de la noche pareció acariciar mi frente. ¡Qué ganas de correr sentía, santo Dios! Irme, irme de allí, zafarme de una vez de aquella horrenda pesadilla... La voz del que me seguía volvió a inmovilizarme como si me cogiera por los hombros:

—Ciérrala y ándate conmigo. ¡Camina adelante! Si alguien viene, me plantas un chiflido. La calle estaba desierta, callada, con una amenaza en cada hueco y en cada rincón oscuro. El canto de los sapos era frío como el filo de una hoja de acero.

El hombre caminó pegado a las murallas carcomidas. La luna tiraba la sombra del bulto sobre la acera de tierra. Los rieles de la vía férrea relucían hasta perderse en la distancia. Y los alambres entonaban un ¡Uuuu! largo y medroso como un responso. Llegamos a la esquina sin encontrar alma viviente. Entonces el Diente de Oro atravesó la calle y lo vi detenerse frente al cerco de alambre de púa que lo separaba de la línea férrea. Allí levantó el bulto y lo lanzó hacia el otro lado. Los cascajos dieron un sonido de fósforos raspados que fue cubierto en seguida por un retumbe sordo, apagado, como el que daría la panza de un buey al ser pateada.

—Allégate, me dijo el hombre luego que hubo salvado el obstáculo.

Fui hacia él como hipnotizado y solo me detuve cuando los alambres de púa me tocaron el pecho. Lo vi inclinarse sobre mí y me echó en la cara su aliento vinoso y cálido.

—Vos no viste ninguna cosa, me dijo, y presentí sus ojos clavados en los míos.

—Ninguna cosa..., ninguna cosa, repetí con voz que no era la mía.

—Aunque te peguen.

—¡Aunque me maten!, confirmé con tono resuelto. El Diente de Oro, entonces, volvió a cargar su bulto y resonaron los durmientes bajo sus trancos regulares. Por entre los dos rieles que semejaban un estrecho camino luminoso, lo vi seguir en dirección al canal que pasaba a unos cien metros de allí. En la distancia, lejos, lejos, resonó el aullido de un tren de carga. Sentí que todo mi cuerpo se remecía y eché a correr calle abajo, sintiendo el sordo golpeteo de mi corazón en el pecho.

Al día siguiente, muy de mañana —la curiosidad me había empujado de nuevo a aquellos lugares—, divisé desde la esquina al Sacristán que baldeaba la acera y restregaba el suelo con los pies, cantando un himno litúrgico inocente y pueril.

II

Seis casas más allá del lenocinio, en un conventillo ruinoso y eternamente húmedo, vivía Rita, la lavandera de las niñas. Era una pobre mujer, que no hacía más ruido que una sombra, flaca, con un gesto de frío perenne y unas manos llenas de manchas rojizas. Vivía en una sola pieza, con Perico, un negrito de año y medio, puros ojos, que no había aprendido aún a sostenerse sobre sus pies y que gateaba por entre los charcos de barro podrido, comiendo lo que le caía a las manos. El otro componente de la familia era Berta, de diez años, una muchachuela pálida que se pasaba los días sentada al sol en un piso bajo de paja. El marido de Rita se había marchado hacía unos dos años, en un enganche para el norte, dejándole la promesa de mandarle dinero apenas estuviera trabajando. Nunca más había sabido de él.

A mí me gustaba la presencia lejana y casi irreal de Berta, como amaba la cercanía de un rosal perenne que había en el patio de mi casa. Muchas mañanas, muchas tardes me lo pasé arrollado junto a ella, charlando de cosas inconexas, como deben hablar los pájaros. Me gustaba escucharla cantar, porque tenía una voz de sollozo y nostalgia. Las mismas canciones canallas que entonaba Jacintito en el salón, adquirían en boca de ella una desconocida belleza. Me hubiera pasado la vida oyéndola.

Mientras ella cantaba, yo permanecía de barriga en el suelo, apoyados los codos en la tierra y la cara entre las manos, con ganas de decirle muchas cosas buenas, como las que había oído al cura en la Novena del Niño. Pero yo era callado y sombrío como una mata de zarzamora. Creo que la quería con lo más puro de mí; mas ella no lo supo nunca. O tal vez lo presintió en alguna ocasión, mientras me leía los cuentos que solía llevarle: cuentos de Calleja, pequeñitos, que yo compraba con las propinas de algún mandado que me encargaban las niñas desde el centro —permanganato, tabletas cuyo nombre he olvidado, pomadas para los granos que solían decorarles las piernas—. Yo transmutaba aquellos centavos en fantasía y venía a dejárselos a Berta como una ofrenda. Entonces ella me leía con su suave y delgada voz. Allí, en el patio hediondo del conventillo, de bruces en el suelo, trabé conocimiento con el Patito Feo, con el Gato con Botas, con Pulgarcito, con

Simbad el Marino. En casi todos los cuentos había una princesa que, tras mil desventuras, se casaba con un príncipe vestida con un largo traje de cola, entre repiques de campanas y aclamaciones del pueblo. Berta era la princesa; yo era su príncipe libertador. Y el conventillo se trocaba en palacio, y la banda de rapaces que andaba por la calle redoblando en un tarro oxidado, era la música de nuestros esponsales. Me juré muchas veces que al llegar a grande yo me iría en el trencito de los mineros a buscar aventuras y billetes y un diente de oro para presentarme dignamente ante mi prometida.

Berta se hacía cada vez más irreal en su palidez y en su flacura friolenta. A veces, yo tenía que cubrirme la cabeza con algún periódico manchado para amortiguar la resolana, pero ella seguía allí como si el calor agobiante resbalara por sobre su piel sin penetrarla. Yo miraba sus pies partidos, sucios, calzados con unos zapatos de tacón alto que le había regalado la Ñata Dorila. Cuando tenía que ir a atizar el fuego o a sacar a Perico de algún charco de barro, caminaba con una triste inseguridad, equilibrándose en aquellos adminículos tan altos y tan anchos. Me prometía entonces comprarle unos zapatitos pequeños, pequeños, iguales a la zapatilla de la Cenicienta. Después, cuando yo fuera hombre, cuando volviera de las minas con un pañuelo verde y granate al cuello y con unos pantalones de alta pretina, para ocultar el puñal.

En los cuentos de Calleja fui aprendiendo inconscientemente a leer. Juntando las letras de los títulos, preguntando cómo sonaban aquellos signos, pude al fin dibujarlos en el barro del patio y un día deslumbré a los rapaces con quienes me juntaba, escribiendo con tiza en la pared cuatro letras mal hechas que me dieron fama casi sobrenatural.

Recuerdo todavía la escena. Estaban allí el Saucino, el Chucurro, el Tululo y dos o tres compinches más.

—¡Apuesto que yo sé escribir!, grité con tono jactancioso.

Los otros abandonaron una lagartija que estaban disecando con cruel curiosidad y me rodearon, incrédulos.

—¡Chis!, exclamó el Tululo barriéndose de la frente los motudos cabellos. No sabe mi hermano que es más grande y que lleva tres años en la escuela...

—Déjalo para que nos riamos del sabio, ho, añadió el Chucurro mientras se limpiaba los mocos con el dorso de la mano.

Entonces yo, triunfante, seguro de lo que hacía, tracé las letras en el muro.

—¿Y qué garabatos son esos?, interrogó el Saucino, desconfiado y suspicaz, pues sus catorce años le daban un prestigio de hombre corrido que todos respetábamos.

No deseando aparecer como un embaucador, quise que una persona neutral les tradujera mi inscripción Por la misma acera en que nos hallábamos, venía en ese instante la mujer de Liborio, el talabartero.

—Oiga, señora, le supliqué con fingida inocencia, ¿quiere decirme lo que dicen esas letras?

La buena mujer se detuvo y deletreó para sí misma la inscripción. Aun cuando no pronunció la palabra, todos la presintieron claramente por el mover de sus labios. Comenzaban ya mis amigos a reírse, cuando la señora estalló:

—¡Caballos sueltos, no más! A sonarse los mocos debían aprender primero antes de andar escribiendo porquerías en las murallas.

Una explosión de carcajadas llenó toda la cuadra. La mujer se marchó, entre amenazas y reprimendas.

—A vos ya te conozco, me conminó con un dedo en alto, y se lo voy a contar a tu madre para que te saque el humo a palos. Vas a ver no más.

El Chucurro imitó con la boca una ventosidad y aquello aumentó las carcajadas. Pero, instantes después, mientras desmenuzábamos la hazaña, escapamos como conejos. Allá en la media cuadra se divisaba al talabartero que venía en nuestra dirección con una correa entre las manos. Al ver nuestro desbande, comenzó a lanzarnos enormes piedras que al rebotar en el suelo levantaban explosiones de tierra, o salpicaban de barro las casas al caer en la acequia de la orilla.

Al tumulto salieron las vecinas y al darse cuenta de la situación soltaron libremente sus lenguas.

—¡Si estos condenados no dejan a nadie tranquilo, creo en Dios!

—¡Yo no sé qué hacen las madres que no les parten la cabeza a garrotazos!

—¡Qué garrotazos, señora! ¡A la cárcel debían mandar a estos bandidos!

—¡Tu lacho será bandido!, le retrucó el Tululo desde lejos.

—¿No ve, señora, no ve?, se lamentó la ofendida saliendo al medio de la acera con las manos en jarra y tomando a todos los demás por testigos de la afrenta. ¿No ve? —volvió a repetir—. Eso es lo que les enseñan en sus casas. ¿Y qué irá a ser de ellos cuando lleguen a grandes? Salteadores, puros salteadores y qué otra cosa.

En la esquina me detuve a mirar. Rosa Hortensia y Matilde habían salido también a la calle, bostezando, con la modorra pegada a la carne como una espesa atmósfera.

—¿Y qué va a esperarse, pues, señora, con esta perdición aquí al mismo lado?, saltó Rosenda Rojas, cuyo marido estaba enredado con la Barata, otra de las asiladas.

—Eso es lo que digo yo, comentó por su lado la otra mujer. Y los pacos no dicen nada, porque les llenan el hocico con un vaso de chicha y ellos son ciegos y sordos... ¡La comisión, la comisión! —continuó, enardeciéndose—. Puro combustible, no más. Los de la comisión son otros peines que vienen a remoler con estas...

—¿Con estas qué? —la atajó entonces Rosa Hortensia—. ¡Ay!, si ustedes son tan santas y hacen tantos escrúpulos.., y tienen el lacho debajo de la cama...

—¡Miren, por Dios, a lo que se expone una!... Límpiate bien la boca primero antes de ofender a una mujer honrada; porque yo soy de mi casa y sé ganarme la vida, gracias a Dios.

—Y yo no me la ganaré, pues! —le replicó cínicamente Rosa Hortensia, levantándose a medias los vestidos—. Con este cuerpecito que Dios me ha dado...

Lo que siguió después fue un bullicio indescriptible en que todas las protagonistas hablaban a la vez. El talabartero, que pretendía traer el debate al primitivo terreno, optó por abandonar el campo y se fue azotándose los pantalones con la correa ya inútil para su obra vengadora.

A mí dejó de interesarme la situación. Tenía cosas más importantes en qué pensar. Mis propinas de esa mañana habían sido cuantiosas y me fui al almacén de la media cuadra para darles destino. Adquirí dulces chilenos, confites y cuatro nuevos cuentos que quise llevar de inmediato a Berta. Para llegar al conventillo tuve que dar un gran rodeo. Inicié lentamente la vuelta de la manzana, sentándome a veces en el borde de alguna acera o garabateando en las murallas para ganar tiempo. En la esquina, de pronto, se detuvieron algunos coches y tres músicos empezaron a tocar. Hacia allí corrí, apretando contra mi pecho el paquetito con golosinas que deseaba saborear mientras Berta me fuera leyendo.

Era la banda de un circo. Los músicos venían en una carretela y resoplaban en sus instrumentos con denodado furor, mientras un pecoso de mi edad repiqueteaba en un bombo parchado arrancando de allí sordos retumbes. Detrás, en cuatro coches, seguían los artistas. En primer término, un señor de chistera, con una fusta en la mano; a su lado, una mujer blanqueada como una máscara, con sus fofas piernas enfundadas en una malla sucia que le cubría todo el muslo. Seguían dos payasos que repartían volantes y decían bromas con una voz cascada y hueca. Yo me detuve aquí, cerca de otros babiecas que rodeaban el cortejo como un enjambre. El señor de la chistera, cuando la música hubo cesado, se levantó gravemente para decir con tronante voz:

—Distinguido público... —Echó en torno una mirada circular abombando el pecho, y apenas el silencio fue completo, repitió—:

Distinguido público, esta noche debutará en el local de la calle —consultó el programa—, de la calle Calvo, el gran Circo Internacional Manchester, con artistas exclusivos que han triunfado en las principales ciudades de Europa.

Elevó hasta la altura de sus ojos el programa, sin mover la cabeza ni abandonar su actitud de estatua, carraspeó gravemente y empezó a detallar.

—Viene aquí Miss Lujan, la gran trapecista, única en Sudamérica que realiza el vuelo del cóndor con los ojos vendados... Pedro, el sensacional hombre de goma, del circo Santos Artigas... Míster Robert, excéntrico musical que toca cinco instrumentos a la vez...

Enumeró algunas celebridades más para terminar alzando las manos:

—Y, señores, lo principal: Pirulita y Torniquete!, los dos grandes tonis, que harán las delicias de todos.

Ambos payasos se levantaron como impelidos por un resorte y con sus rostros recubiertos; perfectamente inmóviles, torcieron las bocazas para decir:

—¡Ese soy yo!

—No, yo, dijo Pirulita.

—¡Yo!, afirmó Torniquete.

Y se trabaron en una enrevesada discusión, a la que puso fin la súbita partida del coche que los hizo rodar sobre los asientos.

Los vehículos siguieron su camino entre los comentarios y las risas de todos, y yo me quedé parado mientras se alejaba el tumulto.

Ese día estuve a punto de renegar de mis ansias principescas para cambiarlos por la chistera y la fusta del señor gritón.

Cuando más absorto estaba en mis cavilaciones, se me acercó el Chucurro que traía en las manos un gran puñado de programas:

—¿Vas a ir?, me preguntó.

—¿Adónde?, lo interrogué a mi vez.

—Al circo, pues, leso. Traen un mono "aragután" que se sube por un palo con traje marinero.

—No tengo plata, dije con desconsuelo.

—¿Y para qué quieres plata, aturdido? Hay una acequia por donde uno se puede "calar". Espérame a las nueve en Calvo y yo te enseño.

—¡Ya está!, le dije con los ojos brillantes.

Iba ya a marcharse mi amigo, cuando reparó en el paquetito que yo seguía apretando contra mi pecho.

—Convida uno, me dijo mientras alargaba la mano.

—Es un encargo, le repliqué esquivando el zarpazo.

—Encarguitos, el niño... Son dulces chilenos que compraste donde el viejo Lucho. Los conozco por el papel. Me tienes que dar uno por la entrada al circo.

—No son para mí, le contesté tratando de irme.

—¡Ah, el caguirre! —se burló señalándome con el dedo—. No voy a saber yo que los compraste para la Berta...

—¡Mentira!, grité con el ansia de defender mi secreto.

—¡Si yo sé muchas cosas, gallito!... Si no me pasas un chileno, voy a decirle a la señora Rita que vos...

Hizo con las manos un gesto grosero cuyo significado me empujó los colores a la cara. Una rabia terrible sucedió a mi desconcierto. Por primera vez deseé con toda mi alma que un ser humano se muriera: este Chucurro mugriento que tenía delante. Impotente para expresar mi enojo, avancé hacia él con ánimo de destrozarlo.

El Chucurro tuvo miedo y se puso de un salto fuera de mi alcance.

—¡Ah, el tonto! —aulló con infinita burla—. Y con la cabra que le bajó...

—¡Chucurro!

Mi voz era suplicante, casi de ruego. Estaba decidido a darle todos los dulces con tal que se callara. Yo quería conservar intacta en mi corazón la figura de Berta. Pero él seguía con implacable inconsciencia:

—¡Parece lagartija de fea, la tonta!... Mi mamita dice que tiene cara de "pantruca"... y está calenturienta para más llapa...

Entonces ya no pude soportar. Me lancé encima de aquel demonio y conseguí atraparlo por el tirante de los pantalones. Rodamos ambos por el suelo. Allí nos arañamos fieramente, hundiendo la cara en la tierra suelta. Pero yo era más fuerte y pude finalmente dominarlo. Aplastado bajo mis rodillas, pude ver cómo su boca y narices se llenaban de sangre bajo el impacto de mis puños. Lo dejé sollozando en el suelo, lleno de mocos, tierra y sangre. Y solo entonces vine a recordar los dulces. Allí estaban, a nuestro lado, convertidos en un amasijo de polvo y manjar blanco.

Me marché con los puños apretados, con ganas de morder las piedras.

Al volver la cabeza, pude ver al Chucurro que, entre sollozos, se comía los dulces con tierra.

III

El suburbio me enseñó muchas cosas que solo ahora he venido a comprender plenamente, ahora que el Chucurro es un minero grande, maldiciente y hosco; ahora que el Tululo está en la cárcel, esperando un indulto quimérico que venga a salvarlo del fusilamiento; ahora que sobre la tierra ocupada por el Saucino hay una cruz en que apenas se divisa esta inscripción:

Luis Ofresinio Soto
Nació el 21-VII-1900
Murió el 11-IV-1927

Lo que no dice la inscripción es cómo se produjo esta muerte. Yo lo supe hace solo unos días, al encontrar en el cementerio a un pariente suyo. El Saucino contrajo cierto día una sífilis que lo convirtió en un guiñapo. Desesperado al ver que las "meicas" no podían sanarlo con unguentos y pócimas, se lanzó una mañana sobre los rieles del tren de los mineros y allí quedó deshecho por las ruedas, entre un corro de viejas y chiquillos que miraban el amasijo monstruoso.

Pero el trencito sigue subiendo y bajando cada día con su carga de esperanzas y vidas humanas. No quedan zarzamoras en la última calle de la ciudad por el sur. El prostíbulo tampoco existe, y en su lugar se alza una casa estucada en que vive un empleado de la compañía minera. La ciudad se ha desparramado hacia otros sectores, pero la vía férrea sigue cortándole allí el avance y pasará mucho tiempo antes de que el obstáculo sea salvado.

Pero yo estoy viviendo en el pasado y vuelvo a ser el niño que recorría libremente los arrabales atando tarros al rabo de los perros, matando lagartijas con una varilla de palqui, promoviendo las iras de todos con mi precocidad escandalosa.

Las asiladas de la Vieja Linda —doce en total— se levantaban cuando muy temprano a mediodía y eran unas pobres cosas abandonadas de toda gracia. Parecían yeguas cansadas y hacían con la boca gestos de asco que delataban el malestar de sus pobres estómagos. En enaguas, despeinadas, levantando los brazos para dar un bostezo, miraban el mundo con ojos sin brillo y a menudo formaban terribles alborotos y reyertas que la patrona terminaba a escobazos. Enfurruñadas, iban a sentarse en el patio para despiojarse la cabeza unas a otras. Y casi no hablaban porque ya todo estaba dicho y porque se habían aburrido de hacer proyectos. Vivirían allí hasta la muerte, porque cada una tenía deudas que no podría pagar jamás.

A veces, alguna se aventuraba al centro, acompañada siempre por el Saucino, que tenía instrucciones de no perderle pisada. En otras ocasiones se internaban por la vía férrea y volvían coronadas con ramas de sauce que les daban una mentira de juventud y de inocencia. Solo entonces las vi reír con claridad, cual si los pastos y las aguas les lavaran un poco el corazón.

Yo conocía todos los vericuetos de los potreros circundantes y a mí se dirigían a veces para que las llevase a sitios en que la siesta era menos caldeada. Yo estaba orgulloso de mis funciones de guía y para ellas ensayaba decisiones de hombre que todo lo sabe.

—Por este camino se llega donde una viejita que vende sandías.

—¿Vamos, chiquillas?

—Ándale, no más, tonta; el cabro sabe.

—Oye, pero la Vieja...

—¡Que se vaya a la...!

Mis proposiciones eran, por lo común, aceptadas, y yo, sin saberlo, ponía cosas inéditas ante los ojos de aquellos tristes seres.

Esa tarde les dije:

—Por este mismo canal hay una poza con sauces donde uno puede bañarse.

Fuimos allá, siguiendo un alto reborde de la tierra, entre las risotadas de las hembras, los chillidos de alguna que enredaba su vestido en la zarzamora o el grito de otra que de pronto veía su estabilidad amenazada por un paso en falso. Los regadores de los campos se quedaban mirándonos y cambiaban entre ellos frases obscenas que mis compañeras no dejaban pasar.

—¿Pa ónde va, m'hijita? Cuidao con querse al canal y mojárselo... Todos los días me lo lavo, replicaba alguna, generalmente la Barata, una negrita que mantenía su jovialidad aun en los peores momentos.

—Poco le ha de blanquear, pues, m'hijita...

Por lo general, frente al paisaje las bromas se hacían más claras y hasta las palabras disonantes adquirían un tono distinto del que tenían en el prostíbulo.

Ese día, como tantos otros, íbamos caminando hacia el baño de los sauces, que yo descubriera con el Tululo una mañana que andábamos de exploración. El agua formaba allí un vasto remanso escondido de ojos extraños por la vegetación circundante. Por un lado había zarzas y por el otro viejos sauces de tronco carcomido. Frente a nosotros se veía un declive que bajaba suavemente hasta tocar las aguas.

—¿Bañémonos, chiquillas?

Matilde fue quien hizo la proposición. Unas aceptaron, otras hicieron remilgos; pero en todos los rostros se adivinaba claro un deseo: nadar, hundirse en aquellas aguas, retozar como muchachuelas en la corriente mansa.

—¿No habrá nadie por aquí cerca? El Roberto se pone de loro... Oye, ruciecito, avísanos si alguien viene. Y, en una confusión de trapos multicolores, comenzaron a desvestirse. Yo veía emerger acá unos muslos, allá unos hombros morenos, unos pechos redondos, alargados o colgantes. La más bien formada de todas era sin duda la Barata, erguida en su morenez adolescente, Y la más tentadora de todas, la que yo hubiera deseado tocar y besar, era Rosa Hortensia.

Se metieron al agua entre gritos, risotadas, manotazos y resoplidos. Yo recordaba un recorte en colores que me había enseñado el Chucurro obligándome a deletrear su nombre: "Las ninfas en el baño". Y ni los moretones que algunas de las mujeres lucían en los muslos o en los brazos; ni la cicatriz de una operación que Matilde tenía en el vientre; ni los granos costrosos que otra ostentaba en las piernas; ni las tiras de tafetán sucio que la Covadonga llevaba en el costado izquierdo eran capaces de destruir la semejanza.

Mis ojos se agrandaban, maravillados, golosos. ¡Qué ganas de estar entre ellas, de hacerles ver que ya era un hombre! Me acerqué al horquillado tronco de un sauce para mirarlas con mayor libertad.

Mi cara estaba pálida y tenía las manos temblorosas. Ellas seguían en sus retozos y el aire restallaba de gritos. Fue la Barata quien comenzó a lanzar agua al rostro de Matilde, haciendo que esta se volviera para escapar del sofoco, enseñando la grupa redonda. Lo demás resultó una confusión indescriptible. Se formaron dos bandos que luchaban, ahogándose. Rosa Hortensia fue obligada a salir del remanso, tosiendo y sacudiéndose la cabeza. Se detuvo ante el sauce donde yo estaba y, al ver la expresión de mis ojos, comprendió de súbito.

—¿Qué te pasa, cabro?, me preguntó sorprendida.

Yo abatí la cabeza, mirando de reojo su cuerpo.

Rosa Hortensia se puso a reír y temblaban sus pechos y su vientre. Se volvió hacia las otras y les gritó para que se callaran. Su espalda era blanca, deslumbrante, y bajo su piel jugaban sedosamente los omóplatos. Lo demás era una cosa prohibida, inquietante, turbadora. La mujer informó a las otras con una voz jocunda que me remeció la carne del pecho.

—¡Fíjense que el Roberto!...

—¡Chiquillo rico!, gritó la Covadonga meneando las caderas y haciendo grandes círculos en el agua.

¡Lástima que sea tan mocoso! —dijo Rosa Hortensia—. ¡Si no, yo me lo echaba encima!, y las risotadas de todas me azotaron el rostro.

Corrí a esconderme entre los sauces, a veinte metros de allí, seguido por el regocijo de las hembras. Solo ya, me entró un desconsuelo terrible. Ellas no comprendían que yo... Me creían un niño y ya estaba maduro para el placer. Las palabras de Rosa Hortensia me parecieron una traición inicua. ¡Ella tampoco sabía, tampoco lo sabía! Yo ya era un hombre. Hubiera querido gritárselo con la misma fiera actitud que tenía el Diente de Oro para decirle a Clotilde:

"Espérame en la cama".

Me puse a llorar silenciosamente.

En el suburbio, un niño puede conservar su alma intacta aun mirando las mayores inequidades. Pero llega un instante en que de súbito despierta y comprende. Y el hombre nace demasiado pronto, sin transiciones, y el mundo es otra cosa, más dura, más brutal.

Yo fui el amante de Rosa Hortensia. Caí un día en sus brazos, sentí sus besos en mi boca y en mi cuerpo. Adiviné sus remordimientos por aquello, supe el origen de sus lágrimas, presentí hacia dónde iban sus ternuras de madre frustrada. El amor humano se me mostró frente a frente, con su olor de transpiración, con su esfuerzo animal, con su abrazo que quiere destruir y matar.

He dicho que mi mundo era la calle, el campo, los cuartos de las prostitutas. Huyendo un día de los "pacos" que nos sorprendieron apedreando a un suplementero, corrí a buscar refugio, tembloroso, en la pieza de Rosa Hortensia.

Ella estaba tendida, fumando, en su triste y sudado lecho. Quién sabe cuánto rato había luchado por levantarse, porque ya eran las tres de la tarde. Quién sabe en qué pensaba, fijos los ojos en los colihues del techo, los desnudos brazos detrás de la nuca. Surgía nítido en la penumbra el nido cálido de su axila derecha. Cerré la puerta y me quedé escuchando, tensos hacia el exterior mis sentidos, temiendo a cada instante oír ruido de sables en la puerta.

Escuché a mis espaldas la voz de la mujer.

—¿En qué diabluras andas vos?

—El Chucurro le rompió la cabeza a un diarero, mentí pues bien sabía que mi piedra había producido el desperfecto.

—¿Y por qué arrancas entonces?

—Yo..., yo andaba con ellos... Y los pacos asomaron en la esquina.

—¿Te vieron entrar aquí?

—No sé, no miré para atrás.

—Si te pillan, no va a ser frisca la que te van a dar, me dijo ella con reticencia. Y luego añadió: A ver, acércate. ¡Mira cómo tienes los pantalones!

Fui hasta la cama con aire contrito. Ella comenzó a arreglarme la camisa que se me había salido. De su cuerpo emanaba un olor de polvos y de carne, caliente y turbador. Empezó a regañarme sin quitarse el cigarrillo de la boca, cerrando levemente un ojo porque el humo le molestaba.

—Si yo fuera tu madre. No te dejaría salir a la calle. Vuélvete.

Siguió metiéndome la camisa en la pretina y de repente nos miramos a la cara. La yema de sus dedos había tocado algo duro y viviente en mí cuerpo.

—¡Mocoso!, dijo con voz que vacilaba entre el regocijo y la emoción.

Yo miraba obstinadamente los dibujos opacos de la colcha.

Sentí entonces sus labios en mi cuello. Palabras menudas, cálidas. El estrechar de sus pechos contra mi rostro. Su olor me emborrachaba como un licor demasiado fuerte. Sentí mi garganta oprimida de orgullosa ternura.

Lo demás fue un remolino, como cuando uno cae de súbito al agua. Me hallé en la cama junto a ella, sobre ella, casi ahogado por sus besos. Y ya, desde aquel día, un mes y medio después de haber cumplido los diez años, yo tuve una mujer mía, supremo galardón a que aspiraban mis ansias de hombre maduro de súbito.

Berta dejó de interesarme, aunque de vez en cuando fuese a verla con el gesto de quien visita a un perro enfermo. Cierta vez que mis propinas habían sido extraordinarias, compré para Rosa Hortensia una caja de polvos y fui a entregársela con la displicente actitud de quien tiene dinero de sobra. Ella quiso bromear, pero estaba emocionada y se quedó mirando mi presente con el rostro abatido. De pronto pareció adivinar algo y me dijo con tono severo:

—¿De dónde sacaste la plata?

Yo me embutí las manos en los bolsillos y respondí con orgullo:

—La gané con mi trabajo.

Aquella vez, las caricias llegaron más tarde que de costumbre y no supe por qué lloraba Rosa Hortensia. El hombre y el niño libraban todavía en mí una batalla. Había cosas que no podía captar mi mente o que solamente vislumbraba sin penetrarlas.

Ya en la calle, al meter mis manos en los bolsillos, tropecé allí con un papel arrugado y seboso. Lo desenvolví con curiosidad: era un billete azul de cinco pesos. Un olor de hembra, de sudor y de polvos surgía de él. En la esquina me esperaban mis amigos. Los invité rumbosamente a echar un trago en la cantina del viejo Panchote. Bebimos chicha dulce que al cabo de un rato nos hacía reír sin motivo. Yo pagué ostentosamente con mi billete de cinco pesos.

—¡Ah, chitas! —dijo Tululo—. Este hizo un salteo... A tu mamita que se los robaste.

Yo sonreía y los miraba por encima del hombro mientras aguardaba que me dieran el vuelto, limpiándome la boca con el dorso de la mano, como lo hacía el Diente de Oro.

¡Robárselos a mi mitades de limón exprimido que había en el suelo. Detrás de mí, sabía que estaba su cara paliducha donde solo resaltaban unos ojos inmensos y desolados.

Me prometí no volver más al conventillo.

Dos días después, Berta me mandó un papelito que yo estaba descifrando curiosamente allá al extremo de la calle, cuando llegaron mis compañeros.

—Oye, te apuesto que es una carta de amor de la Cara de Pantruca, dijo el Tululo malignamente mientras pegaba al Chucurro por las costillas con el codo.

—Cuidado con decirle algo, mira que se enoja, le respondió su amigo y pretendieron seguir su camino en demanda de los potreros.

—¿Para dónde van?, les grité saltando por encima de mi amor propio. Se consultaron antes de responderme.

—Allí no más.

Los seguí desde lejos, como sin ganas, atento a cualquier gesto que pudieran hacerme para que me les juntara. Ellos proseguían imperturbables, fingidamente enredados en una discusión. De pronto se volvieron y el Chucurro me pregunto:

—¿Y a vos, quién te ha llamado?

—¿No puedo caminar por aquí entonces...?

—Nosotros vamos a comer guindas cerezas.

—¿Dónde hay?, pregunté interesado de inmediato.

—Si nos lees la carta te decimos, me replicó el Tululo.

No vacilé un segundo en traicionar a Berta. Sentados en una cuneta con pasto, las dos cabezas de ellos inclinadas sobre los signos escritos con lápiz, empecé a silabear entre risotadas y comentarios:

—'Mi ce-rido... querido Rovertito...

—¡Ándate, el tonto con leche!, dijo el Chucurro dándome un puñete por el espinazo.

—'Es-ta es para de-sir-le lo -ci-gien-te... Queyo tengo mu-cha pe-na por... porque usté no abe-nido a berme...".

—¡Sale que es cargosa!..., comentó el Tululo.

—¿Y por qué no vas, barbeta?, me preguntó el Chucurro. Yo me sonreí con suficiencia, elevando los hombros y estirando el labio inferior.

Yolo ciero mucho a uste —continuaba el papel ingenuo— "ime paso penzando el día queme trae-ra más cuentos. Ce despide su amiga Berta".

—¡Cuentos quiere la niña! —salté yo, atajando las pullas que se me venían encima—. ¡Un buen sorullo le voy a llevar!

—Oye, ¿y por qué no le...?, insinuó el Tululo mientras hacía un movimiento de lanzadera con su índice metido en el puño de la otra mano.

—Es hedionda, lo informé con aire de entendido, destruyendo los últimos vestigios de idealidad que guardaba en mi alma para ella.

—¡Chitas que saliste pulido! —terció el Chucurro—. Si a mí me ligara...

—Hácele empeño, lo alenté.

—Y después me la dejan a mí, pidió el Tululo.

Más tarde, ya reconciliados, seguimos andando y yo boté el papel en una acequia. Cuando volvimos, atiborrados de guindas pintonas, llenos de tierra y sudor, Berta estaba en la puerta del conventillo con aire pensativo. Tuve piedad de ella por un momento, pero pasé sin mirarla, diciendo groserías y riéndome con mis compañeros.

Ella se entró silenciosamente.

IV

Un lunes, como a las ocho de la noche, se detuvo frente al prostíbulo un coche de alquiler cerrado, del cual bajó un señor correctísimo, de anteojos, canoso y de erguido porte. Yo, que había venido por dos cuadras trepado en el fierro trasero del vehículo, me acerqué al visitante fingiendo que atravesaba la calle.

—¿Vive aquí la señora Rosalinda Cuevas?, me preguntó desde lo alto de su majestad.

Me quedé pensativo buscando en mi mente aquel nombre que estaba seguro de no haber oído en mi vida, temeroso de que la propina se me escapara.

—La Vieja Linda, oh! —me dijo el cochero, tocándome por detrás con la huasca—. Anda a llamarla.

Corrí al cuarto de la patrona, la cual estaba emperifollándose frente al espejo.

—Ahí afuera la necesita un caballero, le informé ahogándome.

—¿Quién será?

—No lo conozco. Me preguntó por usté. Es un futre elegante. Me apartó bruscamente de la puerta y salió arreglándose los cabellos. Yo seguía detrás, ansioso de no perder una palabra de lo que el señor aquel dijese. La Vieja Linda inmovilizó su rolliza figura en la puerta y contestó con una venia toscamente señorial al saludo del visitante que se quitó el sombrero.

—¿Rosalinda?, inquirió el caballero, con tono de duda. La lumbre del farol revelaba una frente lisa y alta.

—¿Don Germán?, interrogó a su vez la patrona como si sacase a la luz un recuerdo muy antiguo, muy borroso ya en su imaginación.

Se estrecharon la mano en silencio y se volvió a escuchar la voz del hombre:

—Deseo hablar a solas contigo.

—Pase, pase, don Germán, lo invitó la mujer señalándole con un gesto de su mano el interior.

Avanzó el visitante mirando las paredes con manchas, la alfombra, el piano. Mantenía, no obstante, la cabeza erguida y sus ojos resbalaban por sobre las cosas sin detenerse en ellas, como si temiera parecer indiscreto.

—Vos ándate, me conminó la patrona al reparar en que yo los seguía.

Permanecí en la puerta, rabioso, lamentando que se me escapase la oportunidad de conocer un secreto. Viendo al cochero inmóvil en el pescante, quise arrancarle a él algo que me orientase.

—¿Quién es el futre?, le pregunté con indiferente despreocupación.

—¿Y a vos qué te importa, mocoso?, me respondió la bronca voz del hombre.

—¡Chitas que saliste prosudo! —le repliqué ofendido—. Cuando menos te van a robar tu pasajero.

Zumbó un huascazo muy cerca de mis piernas, pero yo estaba alerta y de un salto esquivé el desagrado de mi interlocutor. Desde lejos le grité unos cuantos insultos y me alejé silbando por la calle, bajo la noche llena de estrellas. A mis espaldas escuché los bufidos y las amenazas del auriga:

—¡Algún día te he de pillar, pelusa, y entonces me vas a pedir perdón de rodillas!

—¡Cuando menos!, le retruqué seguro de la rapidez de mis piernas. Y de una pedrada hice retumbar la caja del vehículo.

Entonces, recortada contra la luz de la esquina, divisé una nueva figura que asomaba la cabeza por la ventanilla del coche.

Pero mis indagaciones hubieron de terminar allí, pues no era prudente volver. Al otro día, casi olvidado ya del asunto, me encaminé al prostíbulo con ánimo de ganarme unos centavos, pues en la casa el desayuno había consistido en un agua de té sin pan. Mi estómago pedía imperiosamente algo más sólido. Eran las diez de la mañana y la prudencia me aconsejaba no llegarme hasta la pieza de Rosa Hortensia que debía estar durmiendo a esa hora. Solo una puerta del lenocinio estaba abierta y por ella salía Menegildo con una gran canasta a comprar las provisiones para el almuerzo.

—¿Vamos?, le supliqué seguro de poder hurtarme algún plátano o un durazno temprano en el mercado.

Pero el Sacristán no quería complicaciones y me respondió con un gruñido.

—¿Quieres que llamen a los pacos, lo mismo que la otra vez? ¡Ya, ya, sale de aquí!

Hice un gesto de resignación y me senté en el umbral de la puerta. Allá, lejos, se sintió la voz de un vendedor de pan:

—¡...Aaamaa-sado calieeen-ti...!

Nítidamente se representaron en mi imaginación los panecillos dorados, de blanca y olorosa miga. Entonces no pude resistir más. Me dirigí resueltamente al cuarto de Rosa Hortensia, dispuesto a sacarle una chaucha de las que guardaba en el cajón de su velador. Procedí con sigilo a dar vuelta la perilla del picaporte y la hoja giró lentamente, chirriando. Mis ojos distinguían apenas los objetos en la penumbra oliente a polvos, a humedad, a tabaco apagado. Mentalmente reconstruí la posición del velador. Hacia allá me encaminé sin ruido.

En el camino tropecé con una silla, y en esta silla había colgada una chaqueta de hombre. Mis pies tropezaron con unos pantalones de diablo fuerte. Entonces miré la cama y allí se divisaban dos cabezas. El miedo y el desconcierto me paralizaron. Hubiera querido salir escapando. Pero el catre crujió y una silueta maciza se recortó contra la pared.

—¿Quién m... anda ahí?, tronó una voz amenazante, exasperada.

Quise huir y mis pies se enredaron en los pantalones que estaban tirados. Me fui de bruces y, al querer levantarme, sentí que un pie desnudo me hendía con violencia las costillas. Volví a rodar y los ladrillos del piso me rasparon la frente y la cara. Una mano me cogió por el cuello de la blusa y quedé suspendido en el aire, pataleando. Un hediondo aliento de mal tabaco y licor vinagre llegó a mis narices. Luego, confundidas, la voz de Rosa Hortensia y la del hombre:

—¡Miren el niño! ¿Quería robarme la plata, no?

—¿Qué... qué pasa...? ¿Quién anda ahí?

El hombre, sin soltarme, se llegó a la ventana y abrió un postigo. Rosa Hortensia, desnuda, se había incorporado en la cama. El hombre también estaba desnudo y yo veía su pecho cubierto de largos y enmarañados pelos, su rostro sin afeitar, sus brazos nervudos y sucios.

—¡Hortensia!, grité yo buscando protección en la mujer.

—Déjalo, déjalo: es el Roberto, dijo ella abandonando el catre, sin preocuparse de su desnudez.

El energúmeno me dio dos palmadas en la cara y yo sentí que las narices se me llenaban de sangre.

—¡Suéltalo..., suéltalo, desgraciado!

Rosa Hortensia había cogido uno de sus zapatos y con el tacón de él iba marcando herraduras en la carne del hombre. Recibió una cachetada que la tiró debajo del catre. Allí se quedó inmóvil.

—Así que el niño quería robarme la plata, seguía diciendo el salvaje.

Me arrastró hasta la silla donde estaba colgada su chaqueta y hundió la mano en uno de los bolsillos interiores; luego, nerviosamente, en el otro. Extrajo de allí una billetera arrugada y grasienta. Me dejó caer al suelo aplastándome el cuello con uno de sus pies para que no me escapase. Lo sentí hurgar en la billetera y murmurar mientras hojeaba los billetes:

Cien..., ciento cincuenta..., sesenta, setenta, ochenta, noventa, noventa y cinco, cien... doscientos veinte... ¡Por suerte llegué a tiempo!... El niño quería pasar el rastrillo, ¿no? ¡Toma, toma, porquería! Y de una nueva patada me lanzó bajo el catre, junto a Hortensia.

Allí me quedé, pegado al cuerpo tibio de la mujer, divisando solo las piernas peludas y casposas del hombre. Sus pies tenían grandes callos y sus uñas opacas estaban dobladas hacia abajo. Al inclinarse para coger los calcetines, asomó el rostro para decirme:

—¡Si se te ocurre salir, te saco la mugre!

Lo vi ponerse los calcetines rotos y tiesos cuya punta hubo de doblar para que no le asomaran los dedos; lo vi calzarse sus rudos y gruesos zapatos, andar de aquí para allá, mientras sonaba la hebilla de su cinturón. Por fin los pies se encaminaron hacia la puerta.

Antes de irse, su voz volvió a tronar:

—¡Y nunca más vuelvo a esta casa! ¡Ladronas de...!

Sus trancos se alejaron hacia la calle.

Entonces me preocupé de Rosa Hortensia que respiraba a mi lado con el cuerpo torcido, aplastados los pechos contra el suelo, las nalgas rasmilladas y cubiertas de polvo.

—Hortensia... Tenchita..., dije remeciéndola por un hombro, mientras con la otra mano me limpiaba la sangre de la nariz.

Su cuello estaba en posición violenta y pude ver una lista violácea en su pómulo izquierdo: seguramente se había azotado en el larguero al rodar bajo el catre. Arrastrándome salí y alargué mi mano hacia la botella de agua que había en el velador. Le rocié la cara con el líquido fresco, recordando lo que había visto hacer a una vieja en la calle cuando un hombre cayó de una carretela. Al cabo de unos instantes la mujer abrió los ojos y su mirada era vaga. Quiso levantarse, como si recordara algo de súbito, y pegó con su cabeza en las tablas que sostenían los colchones. Algunas motas de lana dura y amarillenta cayeron sobre sus hombros. Divisó mi rostro inclinado hacia ella y me cogió la cabeza con sus manos, apretándome contra el pecho.

—¡M'hijito!... Pobrecito!..., la oí murmurar.

—¿Quién era ese hombre?, inquirí.

—¿Se fue ya?, interrogó a su vez agachando la cabeza para ver hacia afuera.

—Sí —repliqué—. ¿Quién era?

Se deslizó hacia la pieza arrastrándose como un gusano blanco y sucio. La amplitud de su cadera me pareció desmesurada. Sus pies tenían pequeñas grietas en la planta. Me figuré que solo en aquel momento veía el cuerpo de Rosa Hortensia en su verdadera desnudez. Seguí arrastrándome tras ella y la observé cómo se limpiaba la cara y los hombros con una toalla humedecida.

—Acércate, me dijo.

Su rostro estaba duro, pero en sus ojos había una ternura satinada, un rencor, unos deseos de llorar. Inclinó mi cabeza sobre un lavatorio lleno de saltaduras que había en una silla, y el agua se manchó de sangre. Cuando ya estuve lavado, me abrazó casi rabiosamente alzándome del suelo. Yo no sé qué pensaba ni qué sentía.

—¡Mi pobre mocoso!, la oía murmurar.

—¿Quién era ese hombre?, insistí con terquedad sombría.

Se metió de nuevo en la cama y me hizo descansar a su lado. Su cuerpo estaba frío y la raya de su pómulo se hacía cada vez más oscura. Tenía, sin embargo, una salvaje belleza con su pelo revuelto y su mandíbula apretada.

—¡M'hijito!... ¡Chiquillo!

Apoyada en un codo, su mano en mi cabeza, me observaba. Y ante la mirada de mis ojos duros, comenzó a decir cosas tristes, amargas, sombrías, como si fuera desangrándose, como si necesitara vaciar su pecho de algo largamente opreso en su interior. Yo captaba solamente algunas palabras y lo demás se me escapaba. "Desgraciados... Todos iguales... Esta vida de porquería... Pagan y creen que tienen derecho a todo... Morirse... Y de llapa... M'hijito...".

Me miró como queriendo que yo la comprendiera:

—Una no debería haber nacido nunca..., nunca... Comenzó a separarme los cabellos de la frente, humedeciéndose la mano con saliva para domar mis mechones rebeldes.

—Si vos fueras más grande, m'hijito... Viviríamos solos en una casa y no vendrían salvajes como ese...

Una risa que era más bien llanto le sacudió los hombros. Reía como si le tuvieran la punta de un cuchillo en la garganta. Y no caían lágrimas porque tal vez ya no las tenía en los ojos.

—¡Asquerosos... hediondos!, continuó sin dejar de reír. Me apretó contra su flanco. ¿Por qué no eres más grande?

Mi fiereza se iba derrumbando ante el tono desesperado de aquellas palabras.

Se sentó lentamente. Levantó las rodillas. Apoyó la cabeza en las manos.

—¡Vida de mierda!, dijo.

Por la tarde no pude salir a la calle, pues mi madre resolvió lavarme la ropa que estaba irreconocible de polvo y manchas. Hube, pues, de permanecer en la cama con un aburrimiento que las revistas ilustradas no lograban disipar. Habíamos almorzado con dos pesos que yo traje a casa de los cuatro que me diera Rosa Hortensia antes de despedirme por la mañana. A eso de las tres y media, mi hastío era insoportable. Me levanté en calzoncillos y me puse a mirar por la ventana. La vía férrea, la calle libre y el sol me hacían guiños desde afuera. La primavera estaba ya avanzada y los durazneros lucían el verde flamante de sus hojas nuevas. En los alambres había grandes hileras de golondrinas. Los volantines piruteaban en un cielo de cristal lavado.

Había escondido bajo la almohada un pedazo de pan francés y me puse a comerlo aunque no tenía apetito. Después empecé a hurgar en el baúl de mi hermana mayor, que por esos días estaba aprendiendo "la costura" en casa de una modista que vivía cerca del centro. Allí descubrí varios libros. El que más me llamó la atención fue uno empastado, con ilustraciones, que me llevé a la cama para hojearlo con detenimiento. En ese libro aprendí la historia de Ruth la espigadora, la paciencia de Job ante las adversidades, la escapatoria de Noé con todos los animales en su arca. La vida de José, el hijo de Jacob, se grabó con indelebles caracteres en mi mente infantil. Aprendí de corrido, sin proponérmelo, el nombre de los doce hijos de Jacob, y aun hoy los recuerdo: Rubén, Simeón, Leví, Judá, Dan... Avanzando en la lectura, me emocioné más tarde con el pastorcillo David, que llegó a ser rey, salvando milagrosamente de las asechanzas de Saúl; y trabé conocimiento con los hermanos macabeos, y a Matías lo comparaba por su bravura con el Diente de Oro.

Todo esto habría de servirme más tarde, cuando entrase al colegio. Pero esto lo contaré después.

Lo cierto es que aquella tarde entré en contacto con un tesoro inagotable de esparcimiento que repasé muchas veces hallándole siempre sabor de cosa inédita. Todo ello a espaldas de mi madre y de mis hermanas, dejando siempre en su lugar el volumen, como si se tratara de una falta el leerlo.

Me dormí muy temprano esa noche, soñando cosas heroicas.

En la tarde del día siguiente, cuando me dirigía al encuentro de Rosa Hortensia con mi traje muy planchadito, las orejas limpias y el cabello menos desordenado que de costumbre, no deseaba encontrarme con mis amigos por temor a sus bromas.

Hortensia no estaba en la pieza. Había salido al centro con la Ñata Dorila y el Saucino.

Adentro, en el patio, había una animación inusitada. La Barata, la Vacunadora y casi todas las asiladas hacían coro comentando algún suceso imprevisto. Me allegué a ellas con aire de despreocupación. No repararon en mi presencia y continuaron su cotorreo.

La Vacunadora decía:

—Es un caballero. ¡Y tan jovencito y buenmozo!...

—¿Cómo nombraba la Vieja al futre que lo trajo?, inquirió una.

—Don Germán. Parece que la patrona lo conocía de antes, de cuando era guaina, respondió la Barata.

Paré el oído, pues al fin iba a saber el porqué de la misteriosa visita de hacía dos noches.

De toda la cháchara deshilvanada, de los comentarios, bromas y procacidades que cada una iba diciendo, saqué en limpio que don Germán había dejado en el prostíbulo a un joven pariente suyo, sobrino o qué sé yo. Lo que continuaban preguntándose todas era la causa de aquella decisión tan extraña, tratándose de un muchacho joven y decente. La suposición de la Vacunadora pareció ser la más aceptable:

—Ustedes saben que estos futres tienen sus enredos y hacen sus estafitas de vez en cuando. A lo mejor el cabro se ha farreado plata que no era de él.

—¡Ahí está la madre del cordero! —gritó casi la Barata—. Ese don Germán a mí me parece que es abogado, y estos saben bien las cosas...

Apareció la Vieja Linda y todas enmudecieron.

—¡Qué tanta bulla hay aquí, porquerías! —y mirándome a mí—: Hasta los perros van a saber lo que ocurre en mi casa... ¿No tienen cosas más importantes que hacer? Vayan a lavarse el piñén será mejor..., siguió una retahíla de juramentos que le hubiera envidiado el propio Bola, que era, sin duda, el minero más maldiciente de los que allí llegaban.

Cuando las mujeres se hubieron dispersado, refunfuñando, me llamó aparte:

—¡Cuidadito con andar diciendo lo que aquí pasa —me conminó—, porque no te permito poner un pie más aquí adentro!

Con tamaña amenaza, ella me arrancó todos los juramentos y promesas que quiso. Después me puso una moneda de un peso en la mano. Sin escuchar mis agradecimientos, las emprendió de nuevo con sus pupilas.

Por lo que pude colegir, aquel era un secreto sagrado.

Lo cual, naturalmente, azuzó hasta el infinito mi curiosidad, ya de por sí crecida.

La charla irrefrenable de las mujeres fue dándome preciosos derroteros. Al día siguiente, nuevos detalles se sumaron a los que ya tenía acumulados. La Vacunadora y la Ñata Dorila estaban conversando en el excusado del fondo, una casucha de tablas malolientes y húmedas que se alzaba en un ángulo del patio, junto a una mata de membrillo. Mientras le "ponía" el volantín al Saucino, capté sus confidencias.

—Yo estaba en la pieza del lado cuando llegó don Germán, decía la Ñata regocijada de poder desembuchar su secreto.

—¿Sí?, a ver, cuéntame, cuéntame, suplicó casi su interlocutora, arrellanándose en el cajón podrido por los orines.

—Los vi por un hoyito de la puerta. Él le entregó varios "congrios" de a cien.

—¿Y qué hablaron?, insistió la Vacunadora mientras el chorro líquido resonaba allá muy al fondo del hueco abierto en la tierra.

—Poco. Pero él le aseguraba que era solo por seis días y que después se lo llevaría de aquí. También le suplicaba que no olvidara lo que tenía que contarnos a nosotras. Ella le dijo entonces que perdiera cuidado, porque en esto le iba también a ella la seguridad.

"Usté, sabe, don Germán, a lo que me expongo por ayudarlo", le oí que decía. "Claro, pues —le contestó él—, pero son quinientos pesos los que te vas a embuchar sin trabajo".

¡Quinientos pesos, te das cuenta! Para pagar eso, la cosa tiene que ser grande.

—¿No le decía yo? Si a mí no se me fue nunca cuando vi el enojo de la Vieja.

Se quedaron un rato en silencio. Después oí de nuevo la voz de la Ñata:

—¡Y es harto bonito el cabro! ¡Lástima que no asome ni la nariz siquiera a la puerta...! Me dan ganas de ir a verlo una de estas noches para ver lo que pasa.

—También anda en las mismas la Matilde —dijo la Vacunadora—. Y hasta yo me animaría si no estuviera tan estropeada —dio un suspiro—: ¡No puede negarse que es lindo el chiquillo, por la...!

—¿Cómo podrá aguantar ahí solo, digo yo?

—Se lo lleva leyendo y fumando, en mangas de camisa; se pasea, se tiende en la cama... La Vieja le hace comida aparte. ¿Te fijas?

—Pero él casi no la prueba. Debe darle asco. ¡Pobre cabro, por la pucha! Me acuerdo de mi hermano Pedro cuando se desgració con el Guata. Quince días lo tuvo escondido mi prima Teresa. Al fin ya no pudo aguantar más y se largó una noche, solo, quién sabe para dónde...

—Hay que ver la vida, ¿no? Caen los de arriba y caen los de abajo. Nosotras creemos a veces que no hay peor cosa que ser puta; pero toditos sufren, unos de una laya, otros de otra.

—A mí me da pena ver a un joven como este, un chiquillo más bien dicho...

Se enfrascaron en llorosas filosofías que me aburrí de oír. Ya sabía bastante y fui a darle unas tiranteadas al volantín.

La Vacunadora venía por el patio amarrándose los calzones, sin preocuparse de mí ni del Saucino.

V

En la noche del miércoles, la Vieja Linda tomó una extraña decisión. Eran solo las ocho, pero ella ordenó cerrar la puerta de calle. Menegildo se colocó en su puesto y tenía orden de que nadie entrase. Las niñas fueron enviadas a sus piezas con la advertencia de que no debían salir de allí hasta que se les avisara.

A esa hora yo estaba debajo del parrón con el Saucino, jugando a las rebanaditas con hilo curado. A mis narices llegaba el olorcito espeso de la comida que preparaban en la cocina y me había quedado con la esperanza de atrapar un trozo de carne o un resto de charquicán que alguna con poco apetito solía dejar en el plato.

Vi, pues, cada una de las maniobras de la patrona y no me pareció nada extraño cuando me dijo:

—Vos también te vas a tu casa.

—Bueno, señora, acaté fingiendo mansedumbre; pero ya tenía mi plan.

Al lado del cuarto de la Vieja, ocupado ahora por el misterioso huésped, tenía su pieza la Ñata Dorila; mas hacía dos noches que la patrona la había expulsado de allí para instalarse ella en la habitación. Hice además de salir, y aprovechando un descuido de la dueña de casa me colé en su dormitorio, deslizándome debajo del catre.

La casa fue quedando en silencio y solo de vez en cuando se sentían afuera unas pisadas, generalmente las de la Vieja, o el parloteo asordinado de la cocinera con el Saucino, allá en el último cuarto de los que marginaban el patio.

La patrona entró varias veces sin sospechar que yo estaba allí. La escuché canturrear, hacer proyectos, quejarse, decir palabras sin sentido. ¡Qué cosas más extraordinarias ejecuta una persona que se cree sola! Su manera de andar y de mirar, sus gestos, sus actitudes, su voz, todo cambia. A veces, viéndola, me daban ganas de reír; pero me contenía heroicamente por temor a los pescozones y porque deseaba descubrir el motivo de todas aquellas órdenes extrañas, que, sin duda, encerraban un secreto precioso.

Transcurrió una hora que a mí me pareció larguísima. Cambiaba de posición a cada instante, esquivando el regimiento de hormigas que a veces comenzaba a invadirme una pierna. Me colocaba de barriga, de flanco, de espaldas; hubo un instante en que, desesperado, resolví dejar mi escondite, pues a todas las molestias había venido a sumarse el ataque de unas cuantas pulgas voraces que me picaban la espalda, la cintura y los muslos. Mi intento fue detenido por el rodar de unas llantas pesadas que venían triturando las piedras de la calle. Era un coche, sin duda; pero se detuvo lejos del lenocinio, a media cuadra cuando menos. Decidí, sin embargo, aguardar y me entretuve contando al tacto los nudos del alambre del somier.

Iba en ochenta y tres cuando sentí que la puerta de la calle se abría con chirrido confidencial. Los pasos de la Vieja Linda atravesaron el salón. Después, un ruido largo, un taconeo varias veces repetido pasó por frente al cuarto en que me hallaba. La patrona venía con algunos acompañantes. En la pieza del lado crujió un catre, se encendió una luz. Y unos golpecitos muy suaves sonaron en la puerta. Entonces escuché por primera vez la voz de mi vecino:

—Adelante.

Era una voz dramática, pero apagada, como si algo hubiese muerto en ella. Sin embargo, mantenía erguida una especie de voluntad de lucha. Ahora la reconstruyo así; en aquel momento solo sé que me produjo pena y que me sentí ligado por ella a mi vecino.

Oí sofocadas exclamaciones; un llanto de mujer; una voz más gruesa que me pareció ser la de don Germán. Y a todo ello mi curiosidad iba en aumento hasta tornarse en malestar físico que me cargaba el pecho.

Recordé en una iluminación súbita las palabras de la Ñata Dorila: "Los vi por un hoyito de la puerta...". Pocos momentos después aquel hoyito providencial quedaba cubierto por mi ojo derecho. Mi visión enfocó una estampa de la Virgen del Carmen en cuya base se unían dos ramas de palma bendita; debajo estaba el lecho, una gran cama de dos plazas; junto a ella, un velador con muchas cosas encima: cigarrillos aplastados sobre un plato, dos cajas de fósforos, un vaso de agua, un tubito con cápsulas medicinales... Pero todo aquello quedó borrado por lo que ahora estaba mirando: un rostro juvenil de grandes y dormidos ojos verdes, una frente lisa, blanquísima, un cuello de Virgen María. Por aquel rostro indeciblemente bello corrían grandes lágrimas y en su expresión había un dolor, un desconsuelo que me oprimió la garganta. Un joven con el cuello de la camisa entreabierto, de pelo negro que arrancaba de su frente en grandes ondas espaciadas y brillantes; la tenía cogida por los brazos, un poco más arriba del codo, y su expresión era dramática, dura, mas desleída de desesperado amor en las pupilas oscuras.

Comprendí que allí había algo grande y solemne.

—Váyanse ustedes un momento, suplicó el hombre torciendo hacia la puerta su cuello donde la nuez se movía como algo sensitivo.

Yo no veía a la patrona ni a don Germán, pero escuché cómo salían cerrando la puerta. Sus pasos llegaron frente al cuarto en que yo estaba y sentí un calofrío tremendo por la espalda temiendo que entrasen. Pero estaba clavado frente a la visión que tenía adelante, y no podía de ningún modo abandonar aquello aunque me pegasen, aunque me mataran.

Los pasos, sin embargo, siguieron alejándose, y yo sentí como si la fuerza de la tremenda tensión que había soportado rodara de mis hombros a mis pies, en un descoyuntamiento que me hizo caer los brazos.

Yo había conocido hasta entonces solo el amor bestial de las prostitutas y los mineros. Sabía del manotazo, del mordisco, del sobajeo repulsivo que precede a la entrega. Había visto al Diente de Oro rasgar trapos y abatir a Matilde con una pesadez de animal borracho. Había visto caer a las mujeres como reses indefensas, sombrías, apartando las caras por no sentir el hedor de los alientos. Todo eso, sin embargo, había pasado por sobre mi alma dejándola intacta, vívida, inmancillada como una doncella.

Lo vengo a comprender ahora que cuento estas cosas.

Cuando quedaron solos, hubo algo como una inmensa vacilación entre aquellos dos seres. Solo duró un segundo y yo lo capté, lo capté hasta una profundidad insondable. Fue ella la que rompió aquella especie de torpor medroso. Vi caer su cabeza sobre el pecho del hombre, sacudidos los hombros por grandes sollozos, y vi la barba del joven apoyarse sobre el pelo de seda. El tenía los ojos cerrados y era una máscara pálida donde cabía todo el dolor de la tierra. Oí nítidamente sus palabras, aunque fueron pronunciadas en un tono muy bajo:

—¡Pobrecita...!, ¡pobrecita mía!... Has tenido que pasar por todo esto para llegar hasta mí.

Has tenido que entrar aquí... Tú aquí.

Torció la cabeza para abarcar el triste decorado que tenía en torno. Ella levantó el rostro luciente de lágrimas y sus pupilas recorrieron toda la cara del hombre.

—¡Te amo!, dijo sencillamente, y su inflexión tenía el acento más verdadero de cuantos he oído.

—¡Me amas..., me amas! —repitió él con la voz quebrada, preguntando, confirmándose esta verdad, abarcando tal vez toda su vida en un segundo—. Me amas... y yo... fíjate dónde he venido a caer... Yo no soy digno de nada... Mis padres, mis amigos, todos me desprecian, lo sé, todos se avergüenzan de mí...

—Me tienes a mí. Yo soy tu mundo. Tu sangre.

—¿Y qué hice para merecerte, qué hice para merecerte, Leticia?

Estaba llorando.

Ella estiró la mano y sobre el rostro de él lucieron las cinco uñas rosadas, en una caricia que iba más allá del gesto.

—Un ladrón, ¿comprendes? —prosiguió él con voz enronquecida—. Un ladrón miserable...

¡Quiero que tú lo sepas! —y parecía temeroso de que la mujer lo interrumpiera—. ¡Quiero que lo sepas todo!... ¡Jugué..., jugué...! No pude luchar contra las mesas de juego que me atraían cada noche —quebró un sollozo y se tragó el llanto—. Al principio solo fueron pequeñas cantidades..., después, después siempre mayores, porque aquel vicio no perdona, es como un infierno, como un hierro ardiente que se nos pega a las manos y ya no lo podemos soltar... No sé cuánto, no sé cuánto... Fueron muchos billetes, Leticia... Yo iba cada noche al banco, los tomaba a puñados de los fardos que había en la bóveda y después, en la calle, me preguntaba si había apagado las luces, si no me habría visto alguien, si al encontrarme con cualquiera no me iba a gritar: "¡Ladrón, ladrón, ladrón!".

Cogió la cara de la mujer con las dos manos, como queriendo llegar con sus miradas y con sus palabras a un fondo remoto que sabía oculto bajo las pupilas de ella.

—¡Y por encima de todo, seguía queriéndote! Pensaba en ti, lloraba por ti en las calles al regresar con los bolsillos vacíos. Y cada noche, con cada billete iba cortando los puentes que me unían a ti, ¡mi novia, mi vida, mi princesa!... Así te llamaba, ¿recuerdas?... Y todo eso...

No pudo continuar, porque ninguna voz humana puede atravesar la barrera del llanto. Se abatió, se dejó acariciar por ella, fue sobre el pecho de la mujer una cosita, una brizna que busca protección.

Se hallaron sin saberlo sentados en el lecho, la cabeza de él tocando el vientre casi liso, apoyada sobre los muslos que se ahuecaban para sostener el peso de todos los pensamientos que a él lo dejaban exhausto.

—Te amo —repitió la mujer, y su acento tenía la honda persuasión de lo que no puede falsearse—. Aunque hubieran pasado cosas peores, te seguiría amando. Eres mi mundo. Aquí en mi corazón está tu sangre. ¡Te amo, mi niño grande, mi amado, mi esposo!

El levantó los ojos como si lo deslumbrasen las palabras.

La mujer continuaba hablando y lo acariciaba. Eran cosas tan grandes, tan bellas que no sé cómo pude escucharlas sin morir. Mi visión estaba turbia de llanto.

Se desangraron lentamente, hasta que todo se borró para dejarlos frente a una verdad más profunda y radiante. Y en sus besos había fuerza, delicadeza, impulso vivo, emoción de cosa pura.

—Ponle llave a la puerta, dijo ella como obedeciendo a una decisión que todo lo anulaba.

El hombre obedeció con un gesto lento y solemne.

Entonces conocí la verdadera cara del amor.

—Quiero ser tuya, toda tuya antes que te marches, dijo la mujer con sencillez grandiosa.

—¡Leticia!, clamó él traspasado por un deslumbramiento que le iluminaba los huesos.

Cayeron como pétalos las ropas femeninas, y allí estaba ella ofreciéndose con una dignidad más profunda que toda palabra.

El hombre balbuceaba. Era torpe en su claro estupor. Se quitaba infantilmente sus ropas, hallando obstáculos donde no los había, como si el cuerpo se negara a obedecerle.

—Y después..., se atrevió a balbucear cuando ya ella lo esperaba bajo las ropas.

Ella le sonrió, sintiendo ternura de aquella torpeza, con una amplitud que alejaba toda explicación tornándola inútil.

Permaneció blanda y luminosa cuando él empezó a besarla. Se ofreció, se entregó con la impudicia elemental del que todo lo ignora todo lo sabe. Y solo hubo un instante en que sus facciones se crisparon: cuando el varón entraba en ella, cuando el misterioso pacto de sangre se cumplía en su ser.

Se quedaron lado a lado, mirándose intensamente, con la plenitud de lo ya cumplido, diciendo palabras que solo tenían sentimiento y que muy pocos humanos habrían comprendido.

Yo, niño del arrabal, comprendía y lloraba.

Fue ella la que rompió el embrujo y empezó a vestirse con rapidez. Al cabo de un momento estaban frente a frente de nuevo, abrazados, recuperada ya la barrera de sus trajes. Ella empezó a peinarse frente al espejo, mientras él, por detrás, le tenía las manos en los hombros y le iba besando los cabellos humedecidos con un leve toque de sus labios.

—Abre la puerta.

La besó dos o tres veces en la mejilla y en la boca, como procurando inútilmente demostrarle su gratitud, antes de obedecer. Y un minuto después entraban don Germán y la Vieja Linda. Entonces todo pareció oscurecerse y adquirir su verdadero significado.

Don Germán consultó el reloj pulsera e hizo a la muchacha un gesto indicándole que debía irse.

—Adiós, Arnoldo.

—Adiós, Leticia.

Rompieron con un gesto el hilo invisible que los amarraba y ella salió con la cabeza erguida. Él, apoyado en la perilla del catre, escuchó sin oír lo que le decía don Germán, antes de salir, y permaneció mucho tiempo en su actitud, pensando en algo que tal vez ni él mismo sabía lo que era.

Miró después los objetos que había en la pieza, uno por uno. Y la curva de su boca iba torciéndose hacia abajo. Se volvió hacia la cama que estaba cuidadosamente ordenada, sin duda por Leticia, en un instante que ni él ni yo recordábamos. Se sentó allí, se fue doblando, apoyó los codos en la colcha y empezó a sollozar.

Así lo encontró unos segundos después don Germán.

—¿Vamos?

—Vamos.

Se limpió las lágrimas con la mano, restregándolas hacia un lado y comenzó a ponerse la corbata frente al espejo. Tras él, don Germán, mirando la perilla del catre, hablaba:

—De aquí partirás en coche hasta Olivar. Allí tendrás un caballo hasta Rinconada. Te acompañará José, el mozo de mi hermano. Después...

El terminó de arreglarse el traje, recorrió con los ojos la habitación y se limitó a decir:

—Estoy listo.

—Se te quedan los cigarrillos.

Caminó hacia el velador para cogerlos. Hizo sonar una caja de fósforos y se metió ambas cosas juntas en el bolsillo. Luego lo vi salir.

Me había bajado ya de la silla que colocara para alcanzar el observatorio, cuando sentí de nuevo abrirse la puerta de al lado. Después de una corta duda, me dispuse a mirar. En la pieza vecina estaba la Vacunadora con su rostro asqueroso y su carne sin luz. Lo miraba todo con desconfianza de animal que teme ser cazado. Fue al velador, removió las colillas de cigarrillos con un dedo y se quedó mirando la cama.

Entonces se me reveló otra verdad.

La Vacunadora había echado hacia atrás los cobertores y allí, sobre las sábanas, aparecía una gran mancha de sangre. La mujer se quedó mirando aquello con la misma expresión que tenía cuando estaba rezando el rosario, y con sus manos ahuecadas rodeó la mancha, como formándole una barrera. Luego se quitó los zapatos, se metió bajo las ropas y se quedó de espaldas con los ojos cerrados, sumida en una beatitud infinita. Su rostro estaba ennoblecido por alguna lumbre interior.

Y, de repente, comenzó a llorar con unos grandes sollozos que le remecían toda la carne fofa.

VI

—Cuando yo era la señora Rosalinda de Soto, en vida de Eliodoro, mi marido, entonces sí que debían haberme visto ustedes... Una casa tenía en Olivar Bajo, donde abundaban las cosechas y donde matábamos hasta dos y tres chanchos por año nada más que para comerlos en la familia.

¡Y había que ver las fiestas lindas para el santo de mi viejo, pues, niñitas! Lo mejorcito del pueblo: las niñas Romero, don Lucho Vila, don Zenón Iturriaga, y hasta el alcalde, don Polidoro Venegas, muerto ahora... Me gustaría que hubieran visto cómo sobraban allí los pasteles con pollo y las cazuelas. ¡Si con los "conchos" no más había para festejar a todas las amistades! Pero mi pobre Eliodoro era demasiado bueno y confiado; y así lo fueron enredando los hermanos Videla, tinterillos famosos por ese entonces, y casi lo dejaron en la calle. Apenas nos quedó la casa en que vivíamos, y todavía hipotecada, creo en Dios. A mi viejo le entró "pensión" de tanto pensar y se lo llevó la Pelada hecho nada más que un atadito así de huesos... Él, un hombre sano, gordo, colorado, que no había conocido enfermedades...; si daba lástima mirarlo ahí en la cama...; hasta la comida tenía yo que dársela con cuchara en la boca, como si hubiera sido una criatura de meses... Pero, cuando lo llevamos al cementerio, ¡qué romería, hijitas! Si era cosa de nunca acabar; qué ramos de flores de Coínco, de Copequén, de Gultro; coronas de Los Lirios, de Rancagua, de Rosario, de adonde había un hombre que le debiera algún favor. Porque, eso sí, él podía quedar en la calle con tal de servir a un amigo. Con decirles que una vez...

De este y otros modos semejantes solía comenzar la Vieja Linda la rememoración de su pasado esplendoroso. Era generalmente en el salón, en las noches de lluvia, cuando los clientes no se decidían a llegar al burdel y la espera se alargaba de modo interminable y fatigoso. Allí, cerca del piano, sobre la vieja alfombra, se ponía un pesado brasero circular de latón con dos argollas colgantes como asas. Y principiaba la ronda de mates y todo quedaba cubierto por el olor del azúcar tostada. Las mujeres oían, cabizbajas, como si se tratara de un cuento fantástico, y muchas, tal vez, recordaban cosas ya muertas en sus pobres vidas. Estas veladas tenían algo de familiar y solo por casualidad surgían términos soeces en la conversación. Casi todas las pupilas estaban contentas, porque podrían acostarse temprano y solas, ¡solas!

Entonces yo no me explicaba el regocijo que sentían, pero ahora lo comprendo perfectamente.

La patrona tenía unas anchas caderas que desbordaban del piso bajo con tejido de totora en que solía sentarse. El mate era para ella una especie de rito al que se entregaba con la solemnidad del sacerdote. Su forma de avivar los carbones, su ademán de coger la tetera por el asa para servir, su manera de poner los terrones de azúcar entre las dos bojas de las tenazas para que se dorasen parejamente, todo en ella era solemne, lento, revestido de grave majestad que consonaba muy bien con el sonido de sus palabras. Sus cabellos estaban ya cenicientos y tenía la tez arrugada; pero fácilmente podía reconstituirse en ella la real moza que había sido. ¡Y con qué altiva suficiencia hablaba de sus pasados esplendores!

—Para escoger ¡yo tuve dónde! Don Leonardo, hijo de don Lucio Varela —proseguía, dibujando una cruz con la bombilla sobre la boca del mate—, guaina codiciado por las niñas como ustedes no verán otro... Ese anduvo haciendo locuras por mí y se casó de puro despecho con una prima al ver que el preferido era don Jaime Cerda, todavía vivo ahora, pues, y dueño de medio Rosario... Todo eso lo desprecié por mi viejo, pero no me arrepiento, porque harto feliz fui, y a ninguno de los que seguían borneándome la cola le hice caso. Porque mi hombre era machito cariñoso y lo que ustedes quieran pedir...

Se metía en intimidades conyugales, hablaba con orgullo radiante de la increíble resistencia de su consorte, y terminaba siempre con un gran silencio que las mujeres respetaban. Después venía la parte quejosa:

—Y ahora, mírenme, ahora soy una pura vieja de porquería... ¡La Vieja Linda! Y cualquier baboso puede limpiarse el hocico conmigo porque no tengo a nadie que me defienda. Encendía un cigarro cabeceado en las brasas, le daba dos chupadas con su boca que conservaba su magnífica dentadura, y proseguía luego:

—Por suerte el Prefecto conoció a mi viejo y eso me ha librado de tantas cosas... Para qué decir nada del sargento Bernardo y de todos los otros de la policía, que siempre me han tratado bien... Pero antes, cuando estaba el Perro Olea. Vos, Vacunadora, te habís de acordar, entonces me las veía amarillas para sostener el negocio. El fue el que me echó abajo; porque yo tenía una casa de primera en la calle Maruri; una casa, m 'hijitas, donde se apiñaba el futrerío y las mujeres no daban abasto. Al Perro Olea le había bajado conmigo; pero en ese tiempo mi hombre era Pedro Gallardo y yo no quería enredos…

Se acordaba entonces de Pedro Gallardo, el gran amor de su vida, y el relato se hacía casi lírico, por más que adornase a su ex amante con epítetos como "sinvergüenza, bandido, mujeriego y bebedor". Al fin, después de muchas vueltas, las mujeres sacaban en limpio que había sido él y no el Perro Olea quien la había traído al estado en que se hallaba. Una o dos veces, enardecida por sus evocaciones, me mandó a su pieza para que fuese a buscar la fotografía del héroe que ocupaba un lugar, en barroco marco, al lado de la efigie de su esposo, separadas ambas por una figurilla de yeso del Niño Jesús de Praga.

—Mírenlo: así era él, pero más buenmozo; en el retrato salió mal. Yo no he visto ojos más lindos… ¡Y qué manera de hablar! Era para que una no supiera ni de los calzones.

Apretaba el retrato contra sus grandes pechos. Y a veces se humedecían sus ojos.

—Me lo mataron, me lo mató don Waldo Salamanca de un balazo, en el Club Social, jugando bacará…

Se producía un gran silencio.

—También es cierto que en ese tiempo él ya…, bueno, estábamos enojados hacía como tres meses; pero yo sabía que iba a volver. Me lo había asegurado la señora Teotista con las cartas y ella acertaba siempre. Me acuerdo como si fuera ahora de lo que me dijo:

"Usté, señora, está sufriendo por un hombre rubio, de ojos verdes, de buena familia, que la quiere a su manera. Este hombre ha tenido dificultades de dinero últimamente…". Y cómo no iba a tener, si el padre, don Aníbal Gallardo, ustedes lo deben haber oído nombrar, era un amarrado que no le daba ni para comprar cigarros. Él, un joven decente y sin plata, ¿se figuran? Bueno, la señora Teotista me detalló la vida como si estuviera leyendo en un libro. Todo igual: el tiempo que lo conocía, los sufrimientos míos, todito, ni más ni menos como si lo hubiera visto, ¡Y qué iba a saber ella de estas cosas, cuando todo lo hacíamos tan oculto que ni muchas de las niñas se daban cuenta! Ese día me fui con un gran consuelo en mi corazón. "Ese joven la quiere y va a volver", me advirtió la señora Teotista. Lo malo es que yo me olvidé de otra cosa que me había salido. "A este joven lo amenaza un gran peligro". Después, cuando llegaron a darme la mala noticia, me vine a acordar. Y era tarde ya. Me queda el remordimiento de no habérselo advertido. Si hubiera estado conmigo esa noche, nada le habría pasado; ese es el remordimiento que me queda.

Tras estas confidencias, permanecía mirando el retrato, en muda adoración.

Así, sin orden cronológico, librada al sentimiento de la patrona, fui conociendo su historia. Tras la muerte de su esposo, se había instalado en la ciudad con un pequeño almacén con depósito de licores anexo. Lo estratégico de la ubicación hizo cambiar pronto de giro al negocio. Primero fue un joven que le pagó bien para que le cediera su dormitorio para solazarse con su amada; después, alguna pareja de adúlteros que cogió el dato y lo aprovechó; y luego, el constante entrar y salir de hombres y mujeres... La cosa producía y hubo de abrir cuenta en la Caja de Ahorros. Más tarde, alguna hembra abandonada por su amante siguió viviendo sola y Rosalinda le proporcionaba el galán. Así hasta conocer a muchas mujeres que no tenían otro medio de sustentarse.

Cuando abrió oficialmente el burdel de la calle Maruri, ya el negocio existía de hecho y los clientes no hicieron otra cosa que cambiar de escenario.

La Vieja Linda hubiera llegado a tener dinero de no ser por Pedrito Gallardo. Pero de no haberse presentado él, habría sido otro: Rosalinda tenía entonces treinta y cuatro años y hacía seis que estaba viuda.

Sin embargo...

—Si mi marido estuviera vivo, yo tendría al Saucino educándose para que fuera doctor. Pero así, con esta miseria, en este negocio que apenas deja para comer, yo soy una pura bosta. ¡La Vieja Linda! Bendito sea Dios lo que es el destino... ¿Pensaría mi pobre madre que su hija iba a verse un día de cabrona y todavía tirilluda y hasta piojenta? ¡La Vieja Linda! No hay hombre en el mineral que no sepa dónde queda mi casa. Y todos, todos se limpian la boca conmigo, todos bajan para venir donde la Vieja Linda... Y viendo tanta porquería que hasta el estómago se me revuelve... Una debería morirse.

—La pura verdad, salmodiaba alguna como un amén, generalmente la Vacunadora, su ahijada más antigua.

Un día se vieron cumplidos los deseos de la Vacunadora. Las mujeres se habían levantado y andaban por ahí, sin destino, vacías, como buscándole un sentido a la existencia. Solo unas horas más tarde vinieron a notar su ausencia, porque ocupaba el último cuarto, cerca de la cocina, donde los clientes llegaban solo en casos extremos. La Vieja Linda la mantenía en su casa más bien por gratitud.

Fue Matilde la que oyó sus quejidos allá adentro. Entró precipitadamente y salió casi en seguida, llamando a gritos a la patrona. Vinieron todas las demás compañeras y la encontraron retorciéndose entre trapos sudados, convertida en una tuina cuyo hedor casi no podía soportarse. Algo había cedido en el interior de su vientre destrozado y por allí se le iba la vida.

Lo supe unas horas después, cuando el coche de la ambulancia tirado por dos caballos famélicos, asomé por la calle aturdiendo con su campanilla. Era un vehículo negro, severo, anticipo del ataúd, y llevaba pintada una gran cruz roja en la puerta de atrás. Negro y rojo, como la vida de las asiladas.

La sacaron en una camilla, sin movimiento, entregada ya a la muerte. La calle se llenó de comentarios, de rostros expectantes, de ojos recatados que atisbaban desde las ventanas. Era un lindo día de primavera y recuerdo que allá lejos retozaban dos perros.

Uno de los camilleros echó una ojeada al cuerpo y dijo con tono sin vibración:

—Esta vieja ya no tiene vuelta. ¡Y escoger un día tan bonito para estirar la pata!

El vehículo partió con ella y a su paso giraban las cabezas de hombres, ancianas y muchachos.

Se murió un sábado a las cuatro. La Vieja Linda no consintió que la echasen a la fosa común y ordenó traer su cuerpo al prostíbulo.

—Señora, hoy es sábado —le advirtió el Sacristán—, pareciéndole increíble que fuera a malograrse así el día de mayor movimiento.

La patrona no se dignó mirarlo y en compañía de todas las otras comenzó a preparar el decorado fúnebre.

El ataúd, que llegó a las siete, era negro, severo, con brillantes manillas. Los ojos de las niñas se abrieron de asombrada gratitud.

—Por lo menos ciento cincuenta pesos le ha costado.

—¡Es noble la Vieja, oh!

—Bueno, harto que la finada la haría ganar también. Hacía doce años que trabajaba con ella, dijo con acento amargo Matilde.

—Pero no tenía ninguna obligación, saltó la Ñata Dorila.

—También es cierto —concluyó Hortensia—. Una se muere y la tiran a la huesera, lo mismo que un perro.

Esa noche la puerta permaneció entornada y el Sacristán, inflexiblemente, fue despidiendo a todos los clientes que llegaban. Ninguna de las niñas trabajaría esa noche. Nadie, ni con amenazas ni con dinero, habría conseguido que profanasen el sueño de su compañera muerta.

Sin embargo, a las doce, cuando todas estaban rezando el rosario que dirigía la patrona, arrodilladas sobre la vieja alfombra, junto al piano que lucía un cirio de cera en su único candelabro, se oyó afuera rumor de discusión. Comenzó por un runruneo monótono que se confundía con el silabeo de las Avemarías, pero fue aumentando de tono, y al fin eran horrendas blasfemias las que llegaban a los oídos de las mujeres. La voz de Menegildo tronaba, se hacía perentoria, adquiría patéticas entonaciones. Pero todo era ahogado por los juramentos.

De repente, los acentos se hicieron más cortantes, más breves, y algo resonó de inmediato, seguido por el fragor de una caída. Se abrió la puerta de par en par y el Sacristán rodó hacia adentro con la violencia de una piedra. Lo vimos levantar la cabeza, apoyarse en los codos y sacar de debajo de la manta el revólver, el gran revólver que yo le conocía. Iba a hacer fuego; se le notaba en la actitud, se le presentía en el crisparse de sus músculos. Frente a él, tres rostros feroces erigían máscaras de rabia y espanto. Entonces se escuchó, tajante, rápida, la voz de la Vieja Linda:

—¡Menegildo!

El hombre se aquietó súbitamente, como un animal sofrenado. Y todo el pasadizo pareció llenarse con la figura de la patrona, cuyo rosario rebotó en las tablas.

—¿Qué quieren ustedes?, preguntó a los intrusos con un tono que tenía la inflexibilidad del acero.

—¡Mujeres!, dijo uno y avanzó jactancioso.

—Pero ¿no has visto que estamos de velorio, no les ha dicho el Menegildo?

—Sí, pero la muerta será una... ¿Y las demás, y las demás, a ver? ¿Tienen muerta la...?

—¡Cállate, desgraciado! —clamó la Vieja—. Cállate y respeta siquiera a la muerte, porque vos también soi hijo de mujer y un día se te va a morir tu esposa o tu hija.

El hombre pareció enardecerse y avanzó un paso más. Uno de sus compañeros le suplicó de atrás:

—Vamos, Negro, oh, y dejemos que velen su porquería tranquilas.

El otro añadió, socarrón.

—Para qué le andas buscando el odio a la señora que se le murió una hijita...

—Es que yo tengo plata —bramó el obstinado— y con mi plata tomo y tengo mujeres en cualquier parte.

—Oye, Negro —quiso finalizar la Vieja Linda—, yo te conozco a vos y por la muerta te pido que te vayas. Estamos rezando, ¿que no te fijas?

—Quiero quedarme con la Matilde, insistió el hombre afirmándose sobre sus pies como para asegurarse que no lo moverían de allí.

—Bueno, entonces yo no tengo la culpa. Por última vez, ¿te vas o no?

—Quiero quedarme con la Matilde —silabeó el cargoso—, remachando su petición con movimientos de cabeza.

—¿Con la Matilde, no?... ¡Toma, porquería!

Vimos que el Negro era levantado en vilo y lanzado hacia afuera como si fuese un pelele. Se sintió un ruido sordo en la acera, ruido de cuero con vino, de bulto pesado. La patrona se dirigió a Menegildo:

—Pásame el revólver.

Y cuando lo tuvo en sus manos:

A cualquiera de ustedes que se enrosque, le echo el alma al infierno de un balazo. Cierra la puerta, Menegildo.

El Sacristán obedeció y afuera se sintieron los retumbes de las patadas que daban en la madera. Entonces la Vieja Linda agujereó de un tiro la parte superior de la puerta. Las niñas dieron un grito y yo me puse de pie, remecido por la explosión. Pero en seguida todo quedó en calma.

La patrona recogió el rosario, entregó su revólver al Sacristán y vino a ponerse de rodillas en el mismo sitio que antes ocupara.

—Tercer Misterio Gozoso: la encarnación del Hijo de Dios en las purísimas entrañas de la Virgen María..., salmodió con acento devoto y emocionado.

VII

La última pieza del conventillo, por el mismo costado en que vivía Berta, la ocupaba una mujercita suave cuyos ojos de asombrado candor parecían estar descubriendo perennemente el mundo y los seres que lo pueblan. Se notaba un poco perdida en ese ambiente siempre ruidoso y sucio, en el cual se movía como pudiera hacerlo un conejillo blanco en un corral de cerdos. Vivía con su madre, una anciana tullida, flaca, de rostro dramático, que solamente sabía imprecar y maldecir desde el piso de paja donde su enfermedad la mantenía atornillada. La actividad que abandonara un día las piernas de esta vieja, parecía haberse concentrado en su lengua y en sus manos. Tejía, hora tras hora, chombas, bufandas, trajes de lana; y lo hacía casi rabiosamente, con una tensa y zigzagueante continuidad, como si a cada minuto fuese a terminar una pena que le hubieran impuesto. Y, mientras tanto, sus palabras —aun cuando estuviese sola— parecían ir componiendo otro tejido invisible que se mezclaba a los gritos de alguna hembra que reprendía a su hijo, a la algarabía de dos perros que peleaban en el patio salpicándolo todo de barro, a los redobles que algún rapaz arrancaba a un tarro parafinero acompasando el paso de unos soldados inexistentes. Su voz era una nota más entre las muchas que formaban el alma del conventillo.

La vieja trabajaba para don Antonio, el turco, quien aparecía regularmente por allí para cobrar las cuotas de los créditos semanales, para surtir de lana a esta máquina viviente y parlante y para llevarse las prendas que había fabricado. Le dejaba, en cambio, unas monedas que la anciana recibía refunfuñando, con la desesperación de quien cambia oro por cobre. La vieja rezongaba interminablemente antes de soltar cada una de sus creaciones, las ponderaba y removía frente al rostro impasible y bigotudo del turco, queriendo hacerle comprender que, además de la lana, había otra cosa en el tejido: tal vez su pobre vida baldada, sus esperanzas inalcanzables, su ira contra el destino que la mantenía estática frente a un mundo movible, activo y pujante en su miseria.

El nombre de la hija era Lucinda. Trabajaba en la sección envases de una fábrica de conservas que se alzaba al otro lado del pueblo. Antes de irse por la mañana, muy temprano, con noche casi en invierno, hacía el desayuno y dejaba el brasero, con la tetera y el mate encima, al alcance de las manos maternales.

Cierta vez, una noticia referente a ella llenó todas las bocas del conventillo, esparciéndose a dos cuadras por lado con inconcebible presteza.

La llegada de una pareja de carabineros al suburbio es casi siempre indicio de noticias importantes, aun cuando en nuestro barrio fuese ya demasiado familiar la figura del sargento Bernardo y la de su acompañante.

Aquella mañana, sin embargo, no fueron estos dos policías quienes pararon sus caballos frente a la entrada del conventillo. Eran dos caras severas, impenetrables, una de las cuales me habló desde lo alto de un pingo rosillo:

—Oye, cabro, ¿vive aquí la señora... —sacó su libreta de anotaciones y deletreó penosamente—: Verónica Zapa... Zapata?

Pasada la vacilación, carraspeó para recuperar su autoridad.

Yo aproveché para meterme al bolsillo tres bolitas mías y tres del Tululo, con quien estaba jugando al "choclón".

—Claro —le respondí con presteza—. Ahí en la última pieza de adentro.

—Anda a decirle que venga.

Lo miré sorprendido, pero en seguida me di cuenta de que ignoraba el estado de la mujer.

—No puede moverse; tiene las piernas muertas —lo informó el Tululo por mí. Y luego, con voz más baja, temiendo que yo me escapara—: ¡Ya, salta con las bolitas!

Uno de los policías se desmontó entonces y yo me adelanté para indicarle cuál era el cuarto de la inválida. El ruido de los espolines hacía que las viejas dejasen sus quehaceres para correr a la puerta, sin soltar los estropajos, ollas o papas a medio pelar con que tenían ocupadas las manos. Se miraban unas a otras, husmeando con actitud de pingüinos el acontecimiento inusitado. Estiraban los cuellos tratando de adivinar en qué pieza se detendría el representante de la autoridad. Yo estaba contento de ser el único depositario del secreto y fui el primero en saber el motivo de aquella visita.

—Aquí es —indiqué a mi acompañante cuando hubimos llegado al final de la hilera de piezas. Y en seguida grité hacia adentro—: ¡Señora Verónica, aquí la buscan!

La curiosidad de las mironas se hizo más insistente. Sus pescuezos estaban requeridos por un estiramiento máximo.

La tejedora se hallaba frente a la puerta, completamente absorta en su tarea y en su monólogo interminable, del cual podía oírse solamente un murmullo en que sobrenadaba una que otra palabra.

El policía se encaró con ella:

—¿Usted es la madre de la menor... —y carraspeó para acentuar esta expresión que tal vez había oído al oficial de guardia en el cuartel— Lucinda Zapata?

—Sí —contestó la mujer, echando hacia adelante la cabeza, como si agrediera—. Sí, yo soy. ¿Por qué?

El policía se sintió provocado y quiso abatir aquella soberbia con una información aplastadora:

—Porque esta mañana la pescaron entre cuatro en un pajar de la calle Zañartu. Ahora está en el hospital.

Las manos de la madre continuaron tejiendo en el vacío, con un automatismo sin control, y la primera expresión que asomó a sus ojos fue de fiereza.

—¡Lucinda!... Lucinda!... ¡Lucinda…! —y se iba exaltando, como si poco a poco la verdad se hiciera en su cerebro—. ¡No es cierto!, aulló con una inflexión de angustia tan animal que nos hizo pensar en una desgarradura de sus entrañas.

Pretendió levantarse, olvidada por un segundo de su imposibilidad, y entonces vi claramente cuán disímiles eran las dos porciones de su cuerpo. Mientras todo su ser vibraba de cintura arriba, sacudido como por una tempestad, de sus caderas para abajo todo era muerto, inmóvil, indiferente.

La mujer miró hacia los lados, como imprecando a una potencia salvaje que la aplastaba contra el piso, y se quedó con la boca abierta jadeante, mientras sus dedos engarabitados expresaban lo que no le cabía en las palabras.

—Cuando iba para el trabajo —siguió diciendo el hombre de autoridad, sobrecogido a su pesar por el espectáculo— le salieron el Chamango, el Luna y otros dos más y la arrastraron a un sitio eriazo donde queda el pajar.

En las últimas frases de su relato se notaba la fiel trascripción del parte policial.

—¡Y ustedes! ¡Para qué están ustedes! —bramó ella, increpando al uniformado—. ¡Tomando que se lo pasan, tomando, tomando en vez de defender a los pobres!

El soldado tuvo un estremecimiento, y pudimos oír el ruido de sus espolines y de sus tacones al cuadrarse instintivamente, como si estuviera recibiendo la reprimenda de un superior. Pero en seguida, al darse cuenta de la realidad, sacó del fondo de su pecho un vozarrón que me hizo cerrar los ojos.

—Y usté, vieja de porquería' y usté... ¿qué quería que hiciéramos...? Agradezca que no le mataron a su cría y que haya guardianes para detener a los bandidos... Los cuatro asaltantes pasaron hoy al juzgado. Los pillamos en menos de una hora.

Las mujeres del conventillo estaban todas frente a la puerta, detrás del policía, y ante tal auditorio el soldado siguió vociferando para salvar dignamente su pundonor ofendido, sordo a las súplicas de algunas que pretendían calmarlo.

—¡Discúlpela! ... Usté comprende que está enferma...

—Ha sido siempre así con todos; no es con usté nomás...

—Es la única hija, y esta noticia... ¡Pobre señora Verónica!

Dos de las más decididas se introdujeron al cuarto para ofrecer a la anciana sus consuelos y su mediación; pero ella no deseaba escuchar nada ni a nadie. Las rechazó con destemplados gritos, acusándolas de meterse en lo que no les importaba, empujándolas hacia afuera con sus insultos.

—¡Sí, sí, vénganme no más con palabritas! ¡Si las conozco a todas, peladoras de mierda...! ¡Ya está, ya tienen motivo para taconearse la boca con mi chiquilla!... ¡Váyanse de aquí, salgan, intrusas del diablo!, gritaba buscando algo con qué castigarlas.

—Señora Verónica, no sea injusta... ¿No ve que con eso no se remedia nada?

Pero tuvieron que salir, detrás del policía, que se dio por vencido frente al terrible desborde que había provocado su noticia.

Solo después que todos hubieron salido, yo vi que la baldada se dobló como un trapo. Lloraba con los dedos hundidos en el pelo mugriento, con unas grandes lágrimas de fiera que ve cómo le matan al cachorro sin poder defenderlo.

Afuera, mientras los policías se alejaban, las mujeres de todo el vecindario contaban y recontaban el suceso, reunidas en una especie de comicio desordenado y cacareante.

Lucinda regresó del hospital una semana después. Nada en sus gestos ni en su actitud había cambiado. Eran los mismos ojos de candoroso asombro y la misma manera silenciosa de andar por todas partes. Viéndola, uno se preguntaba si toda aquella historia no habría sido una pesadilla.

No volvió, sin embargo, a salir por las mañanas. Había perdido su empleo en la fábrica "por abandono del trabajo", según dijo el papá del Tululo, que era obrero en la misma industria. Se quedó desde ese día en la casa, viviendo de lo que producían los tejidos de la madre. Esta se había vuelto terriblemente agresiva y era verdadero terror el que provocaba su proximidad a las vecinas. Todos comprendían que era inútil querer luchar contra su lengua tremenda y la dejaron tranquila, prohibiendo a sus hijos que se acercaran a la pieza ocupada por ella.

Transcurrieron los meses, y el cuerpo de Lucinda comenzó a deformarse con una fea protuberancia que le combaba el vientre de modo grosero. Muchas veces la vi cuando estaba junto al pilón aguardando que su balde se llenara de agua, mientras se miraba aquella extraña cosa que le acortaba el vestido por delante. Y me pareció adivinar lo que sentía: aquello era ajeno a su ser, un poco hostil y mortificante, como una excrecencia que se hubiera pegado a su carne.

El niño del suburbio no necesita preguntar a nadie las cosas. Un día se halla brutalmente enfrentando a la verdad de la vida y de la muerte, y nada le produce asombro. ¿Podría yo admirarme de que Lucinda llevara un niño en su vientre? "Se lo hicieron los hombres del pajar", me decía, quedándome tranquilo ante una cosa que provocaba en los demás un sentimiento de asco, de protesta o de ira. Y eran precisamente las mujeres a quienes yo veía más a menudo embarazadas las que mayores aspavientos hacían. Un día que la Flaca Luisa, que tenía un chiquillo por año y no siempre del mismo padre, estaba despotricando contra tamaña desvergüenza, yo sentí ganas de reírme a gritos. ¡Ella fingiendo pudores! Y lo peor era que las otras aprobaban con una seriedad perfecta, aportando cada una su comentario hiriente.

Por fortuna, Lucinda parecía no reparar en nada. Yo me sentía ligado a ella por una calurosa simpatía; nunca me acercaba porque no habría hallado qué decirle ni ella habría sabido qué responderme. Había venido a la tierra como una caja cerrada de la que nadie hallaría la llave.

No obstante, una vez la vi sonreír: cuando nació su hijo. Pero antes sucedieron otras cosas. En la noche de un sábado de noviembre, yo andaba por las cercanías del conventillo, tramando alguna cosa que me divirtiera. Desde adentro venía el Chucurro con cara de regocijo. En el conventillo reinaba una animación inusitada. Se escuchaban un rasguear de guitarras, un retumbe de zapateos, una confusión de risotadas y gritos.

—Oye —me dijo, confidencial, mi amigo—, hoy bajó de las minas el marido de la Candelaria. Fíjate que por ir a buscarle vino me dio dos pesos.

Los hacía sonar en su bolsillo, y por el olor de su aliento comprendí que había probado abundantemente el encargo antes de entregarlo.

—¿Vamos a ver?, le propuse.

Se puso serio y adoptó un aire de complicidad.

—Me dijo que le avisara si alguien venía. Está en aquel rincón abrazado con la Pera, que es comadre de él. Endenantes le tenía los vestidos arriba. La Pera anda sin calzones...

—¿Y la Candelaria?, interrogué con igual tono que el de mi informante.

—¡Buh! Ya no sabe ni cómo se llama. Está bailando cueca con Liborio, el talabartero. Hay una pila de viejas ahí adentro. Casi no se puede ver con el humo de un costillar que están asando.

—¿Vamos a aguaitar al Ronco y a la Peta?, le dije excitado.

—¿Vos querís que te agarren a patadas? El Ronco es tieso de mechas y no aguanta leseras. Y de ahí del rincón, con la luz de la calle, se ve todo para acá.

—Nos vamos gateando por este lado, traté de decidirlo sin abandonar mi propósito.

Nos poníamos ya en cuatro pies para realizar nuestro plan, cuando sentimos, allá al final, un grito espantoso que taladró la trama de rasgueos, cantos y risas que lo llenaba todo. Nos quedamos inmóviles, buscándonos las caras en la oscuridad.

—Oye —me dijo—, es adonde la Lucinda. Por estos días dijo mi mamita que tenía que mejorarse.

En ese instante, una silueta delgada y movediza se recortó en la puerta del conventillo y después de atisbar hacia adentro pasó de largo.

—¡Ah, chupalla! —dijo el Chucurro—. Mi mamita que me anda buscando. ¡No es fleta la que me va a dar! Espérame aquí mismo que yo ya vuelvo, me advirtió antes de salir corriendo.

Me quedé solo en la oscuridad, y el grito, ahora más angustiosamente desesperado, volvió a repetirse allá al fondo. Era un llamado de sobrehumana desolación que yo no pude desoír. Corrí hacia el cuarto de la tullida. En la sombra tropecé con la Pera que salía del rincón arreglándose los vestidos.

—¡Porquería, que me asustaste!, me increpó mientras me lanzaba un coscacho que se perdió en el viento.

—Es el Chucurro, le advirtió el Ronco todavía en el rincón. Y un poco más fuerte:

¡Ándate no más, cabro!

La jocundidad de su voz me hizo comprender que había conseguido su propósito.

Seguí corriendo hacia adentro, y al pasar por la pieza en que estaban de juerga, los retumbos de la guitarra y los ¡huifas! me resonaron en el pecho. Pero no hice caso de nada y proseguí mí camino.

La puerta de la pieza de Lucinda estaba entreabierta. Quise empujarla y la hoja se atascó en algo elástico y pesado.

—¡Entre, entre, vecina! ... Empuje fuerte, me dijo desde abajo la voz de Verónica.

Abrí lo suficiente para introducir el cuerpo y encontré a la tullida en tierra, tratando de arrastrarse hacia atrás para no obstruir la pasada. En el catre, cogida con ambas manos de los fierros, torcida, despeinada, sudorosa, Lucinda balanceaba la cabeza, con sus grandes ojos clavados en el hollín del techo. No sabía de nada sino de sus dolores internos que se hacían casi visibles en cada contracción de su cuerpo. Estaba vestida solo con una camisa de tocuyo mugriento y el globo de su vientre era pavoroso.

—Pero ¿es que no hay cristianos en este mundo? —clamaba desde el suelo la madre—. ¿Van a dejar que mi chiquilla se mejore sola como una perra?

Me miraba y en sus ojos había por primera vez una súplica. Comprendí que era preciso actuar, y salí disparado, sintiendo que el corazón se me subía al cuello.

Entré de sopetón a la pieza donde estaban bebiendo. Allí había muchas mujeres y todas se hallaban borrachas. Para hacerles comprender algo hubiera sido necesario perforar la densa valla de alcohol que las separaba del mundo. Tras dos o tres tentativas en que recibí otros tantos manotazos e insultos, abandoné mi empresa con una desesperación que me llenaba los ojos de lágrimas.

—¡La Lucinda se está muriendo!, grité con la voz trizada. Y a esta súplica pareció responder burlonamente una vieja desdentada que tenía una opaca guitarra bajo sus tetas:

Mi vida, de los a-a,
de los altos de Colombia,
mi vida, viene un pa-a,
viene un papel en el aire,
mi vida con letrá-a,
con letras de oro que dice:
"Mi vida, con mi amo-or,
con mi amor no ruego a nadie".

Los ¡huifas! y las carcajadas impedían escuchar allí cualquier cosa que no fuese alegría, una pobre alegría llena de harapos, mugre, mal vino y olor de grasa quemada.

Salí tropezando con los bailarines que escobillaban la cueca batiendo al mismo tiempo sobre sus cabezas unos sucios pañuelos.

Afuera me detuve, indeciso, perdido, medio inconsciente por el tumulto que formaban aquellos borrachos. Fui hasta la pieza de la lavandera. La puerta se hallaba cerrada y adentro no había luz. Recordé entonces haberla visto salir en la tarde junto con Berta y su mocoso.

Hubiera querido tumbarme en la tierra y morir.

Pero ya estaban mis pies castigando las piedras de la calle. Se me había venido a la mente, como un relámpago, la Vieja Linda. "¡Que no esté ocupada, que no esté ocupada!", me repetía con pueril y desesperante obstinación, sabiendo que si aquel recurso fallaba ya no me sería posible seguir buscando.

En la puerta del burdel encontré a la Ñata Dorila que conversaba con un desconocido. El salón estaba lleno de gente y Jacintito cantaba, cantaba, como allá, como en el conventillo, una cueca. Nunca me ha parecido más trágico ni pavoroso el baile de mi tierra que en ese instante.

La Ñata me miró la cara alumbrada por el farol azul y debió ver en ella algo tan terrible, que se inclinó de inmediato para cogerme por los hombros.

—¿Qué te pasa, Roberto?

—¡La Lucinda se está muriendo...! ¡Va a tener el chiquillo y está sola!

No pude contenerme más y me eché a llorar con una desesperación que no admitía consuelos. La mujer se volvió hacia su compañero y le dijo algo que no comprendí.

Después, con una presteza increíble, echó a correr hacia adentro. Volvió cinco minutos —¡cinco siglos!— más tarde, con la patrona. La Vieja Linda jadeaba hablando a Dorila de trapos, de agua caliente, de no sé qué cosas.

—Ándale, cabro —me invitó mientras iniciaba un brioso tranqueo por la calle dispareja—. Pero no —rectificó enseguida—: devuélvete mejor y tráeme el agua caliente que te va a dar la Dorila.

Cuando llegué de nuevo al cuarto de Lucinda, la tullida estaba sombríamente sentada en su piso, cerca de la cama, mirando las manipulaciones que la Vieja Linda efectuaba en el vientre de la parturienta, que en sonámbula actitud se entregaba a todo como una cosa sin voluntad.

—Deja el agua encima del brasero —me dijo la Vieja Linda sin volverse, cubriendo con su amplio cuerpo el otro yacente y torturado— y pásale los paños a la señora para que me los tenga listos.

Vos, espérate afuera... A ver, todavía no... ¿Tiene un lavatorio, un tiesto grande, señora?

—No —dijo la mujer—, sin alzar la cabeza, absorta en la tarea de desdoblar los paños que yo le había dado.

—Entonces —y se dirigía de nuevo a mí— anda volando y tráeme el lavatorio blanco que hay en mi peinador. De pasadita le echas un poco de agua en el pilón, no mucha...

Nuevo viaje mío y nuevo regreso acezante. Mientras me daba el lavatorio, la Ñata Dorila me interrogaba con extraño interés:

—¿Se mejoró ya?

—No, todavía no.

—Pregúntale a la señora si quiere que yo vaya a ayudarle.

—Bueno.

—Y si no, apenas nazca la criatura, me vienes corriendo a decir. Y me regaló un peso.

En la habitación había un silencio apretado cuando retorné a ella. De vez en cuando, un aullido de la enferma lo traspasaba agudamente. Y renacía, más anhelante, una calma poblada de estertores.

En aquella jornada supe cuánto cuesta venir al mundo.

Al lado afuera de la puerta, temblando de frío, nervioso, asistí a la tremenda batalla. Eran órdenes, eran sofocados ayes, eran verdaderos bramidos de bestia. Presentía la sangre en las palabras de Lucinda y en los mandatos imperativos de la Vieja. Desde adentro me llegaba un vaho espeso, casi picante, y aquel hedor creaba, sin embargo, una atmósfera de nobleza y heroísmo.

Pero las cuecas y los gritos de la juerga lo encanallaban todo. Era un indescriptible chivateo en el cual las canciones se apagaban antes de su término para volver a empezar, interrumpiéndose en cualquier nota. La vieja de la guitarra estaba casi por completo afónica y ya se oía muy poco su voz. Un varón desentonado y borracho había querido de seguro ayudarla, mas no podían entenderse y se formaba un barullo infernal. Dos hombres salieron a pelear afuera, pero las hembras, colocándose en medio, lograron evitar la riña. Y nadie escaseó los insultos por espacio de un cuarto de hora. Al fin se entraron y la vieja volvió a cantar. Después salieron los mismos hombres a cobrarse sentimientos, y el Ronco vino a buscarlos y se formó un nuevo desconcierto. En eso apareció la Peta caminando con una torpeza de ternero nuevo.

—¡Éntrense y no sean lesos! —se puso a vociferar—. ¡Vamos, compadre, a tomar un trago! ¡Y viva la fiesta, mi alma! ¡Viva la fiesta, mi alma!

Cogió a su amante por un brazo y quiso arrastrarlo hacia el interior.

—¡Váyase de aquí, señora!, le ladró uno de los borrachos.

—¿Y por qué me voy a ir, por qué me voy a ir, a ver?

—¡A mi comadre no la atropella nadie, gancho! —amenazó el Ronco, y por el tono adiviné que quería pegarle al atrevido—.

La Peta comenzó a gritar y salieron otras mujeres. Recomenzó la algarabía de amenazas, súplicas, persuasiones y jactancias. Era para volverse loco.

—¡Entra, niño!, me llamó en ese instante la Vieja Linda.

Mis ojos cayeron sobre un bulto informe, una especie de piltrafa violácea y rojiza que la patrona sumergía en el agua humeante. Luego escuché dos palmadas y de aquel amasijo salió, saltó inesperadamente, un llanto irracional, chillón, poderoso en su delgadez. Coreada por un tumulto de borrachos había venido al mundo otra vida.

—Es hombre —dijo la Vieja Linda, envolviendo al pequeño en uno de los paños que le tendía la abuela—. Anda a buscarme polvos de talco —me ordenó—. En el cajón de arriba de mi cómoda están. ¡Ah!, y de pasadita le das una mirada al salón. No sea cosa que alguno me haya formado desorden.

Antes de salir pude ver, por encima del hombro izquierdo de la improvisada partera, la cabeza de la madre que descansaba laxa como un tallo mustio, sobre las almohadas. Grandes ojeras, como trazadas con tinta, subrayaban sus ojos cerrados. El resto de su cuerpo permanecía en la sombra que proyectaba la Vieja Linda.

En el burdel me acosó la angustiada curiosidad de la Ñata Do.

—¿Qué hubo.., y...?, me preguntó anhelante.

—¡Fue hombre!, le anuncié sofocado por el esfuerzo de mi carrera reciente.

—¿Es lindo?

Hice un ruido indefinible con la boca.

Inclinada sobre el cajón abierto de la cómoda, la mujer desgranaba preguntas una tras otra.

¿Había quedado bien la madre? ¿Lloró el niño al nacer? ¿Era grande? ¿Cómo tenía las manecitas?... Al fin descubrió el talco y me lo dio. Cuando volvía para acompañarme hasta la puerta, llamó aparte a Matilde para comunicarle la nueva. Esta, evadiendo el asedio de un rudo minero que la perseguía con un vaso de vino, fue a transmitir a las otras mujeres el mensaje. Todas me hacían tiernos gestos de complicidad al pasar, como celebrando mi intervención en aquel asunto.

Al hacerme presente en la pieza, la abuela tenía al pequeño en brazos y lo miraba dormir con una indefinible expresión en su rostro agresivo.

Ya todo estaba casi ordenado en el cuarto. Habían desaparecido los trapos con sangre, el lavatorio se hallaba recostado contra la pared, y la recién parida entreabría sus ojos mortecinos, sumida hasta la barbilla debajo de las sábanas, con todo su cuerpo lleno de exangüe laxitud.

Volví al prostíbulo con la patrona y la vi tomar posesión de su puesto como si nada hubiera sucedido. Pero hube de retornar otra vez al conventillo acompañando a Dorila, que a toda costa quería ver al niño. Su rostro, al inclinarse sobre la carita de la criatura, tenía una inefable expresión. Algo dolorosamente dulce parecía nacerle desde un fondo muy remoto y muy claro de su ser. Su boca había olvidado el gesto de grosería y lascivia que le era habitual y que se acentuaba al bailar desnuda frente a los borrachos. Por algunos minutos, fue simplemente una mujer. Quizás si nunca más volvería a serlo.

Antes de irse, la vi dejar con disimulo un billete de diez pesos encima de la cama. En el patio, sin saber por qué, le oprimí fuertemente la mano que me había cogido con la suya, porque tenía miedo de la oscuridad.

Vinieron en seguida las demás, una tras otra, después de mil disimuladas argucias que las liberaban por algunos minutos de sus galanes demasiado exigentes. Y todas, como si se hubiesen puesto de acuerdo, llevaban algo al pequeñuelo: unas, un tubito de esencia; otras, un paño; otras, dinero. Y en los apartes de algún baile, comentaban:

—Macizo va a salir el mocoso.

—¡Y qué boca más linda tiene!

—Yo me lo comería a besos. Me acuerdo de mi hermano Eduardito cuando era chico...

Luego se iban a entregar al sobajeo de los hombres.

A la última que hube de acompañar fue a la Covadonga.

—Señora, disculpe lo poco —dijo antes de marcharse, dejando un paquetito junto a la criatura, en la falda de la abuela—.

—A mí no me acompañes; quédate por si te necesitan, me dijo cuando yo quise salir. Y había llanto en su voz.

Verónica desenvolvió el paquete y pude ver lo que era: un trajecito de lana rosado con tenues cintas celestes. Los dobleces se notaban mucho, debido tal vez a una permanencia demasiado larga en el fondo de alguna caja.

La abuela miró hacia la puerta, como siguiendo con los ojos el trayecto de la mujer que se alejaba. Entonces puso su mano sobre el vestidito, lo alisó suavemente, como en una caricia, y parecía buscar algo impalpable y perdido entre la trama rosada...

—¡Bendito sea Dios!, dijo por fin en un suspiro.

VIII

La lectura de la historia sagrada se convirtió para mí en una obsesión que me apartaba poco a poco de la calle. Hallaba allí un mundo desconocido, más ideal que aquel en que me movía, por eso tal vez lo amaba con una pasión ingenua y pura.

Empecé a comprender qué universo había oculto en las páginas escritas y eso me indujo a buscar nuevo alimento para mi hambre de fantasía. Así fui descubriendo a Sandokán, a Rocambole, a D'Artagnan y a todos los de su familia. Eran amigos que colmaban mi pieza de voces y gestos heroicos; amigos con quienes dialogaba por las calles y campos en mis exploraciones solitarias; amigos que poblaban mis sueños y cuyo rostro creía encontrar cerca de mi lecho cuando despertaba. ¡Y qué de avatares se produjeron en mí consecutivamente! A veces fui el grumete de un barco, otras el muchachuelo de la "Isla del Tesoro", el Francinet de "Los dos Pilletes"... Todos y cada uno, sin estorbarse mutuamente, como si yo tuviese mil caras y un alma sola.

Quién sabe si fue aquella la época más hermosa de toda mi vida.

Hice mandados, robé dinero, serví de cómplice en maldades, sufrí heroicamente azotes y reprimendas en la casa: todo para juntar unos centavos con que adquirir el tomo siguiente de Morgan o la última parte de "Las miserias de Londres", allí donde Rocambole se presenta como El Hombre Gris.

Todo eso, insensiblemente, me iba desarraigando del medio en que hasta entonces me había nutrido. Vine a comprobarlo por ciertas desavenencias pueriles que surgieron mientras jugaba con mis compañeros.

Así como la ciudad limitaba por el sur con la vía férrea, tenía por el oriente su término en un canal de riego que todos llamaban la Acequia Grande. Uno de nuestros entretenimientos más socorridos era el de organizar competencias con pequeños botes de madera que habíamos tallado a cuchillo. Cada uno de estos botes tenía su nombre de acuerdo con las preferencias del dueño. El del Tululo se llamaba "La Pancha", en homenaje a una yegua parda en que solía montar su tío Bautista cuando venía del campo a visitar su casa. El Chucurro había embadurnado el suyo con alquitrán, sumergiéndolo en un tarro que tenían unos pintores colgado de una escala, y le denominaba "El Cururo". El del Saucino se llamaba "La Rosita", nunca supimos por qué. Cuando yo les dije cómo había bautizado mi botecito de álamo, todos volvieron la cabeza.

—Oye, ¿qué garabato es ese?, me preguntó riendo el Chucurro.

—¿Cómo le pusiste?, interrogó también el Tululo, riendo.

—El "Taimyr", grité yo con orgullo creyendo deslumbrarlos.

—¡Habráse visto leso más grande! —me dijo el Saucino, lanzándome una manotada de agua—.

¡Taimyr! ... La jeta tuya parece Taimyr.

—Pero eso no quiere decir nada! —se quejó otro—.

¡Cómo que no!, clamé herido en mi orgullo.

El "Taimyr" era un buque que llegó al Polo Norte, y ahí el hielo está más alto que esta casa.

—Y después se volvió por la Acequia Grande y le vendió hielo para helados al Viejo

Chaparro, completó bruscamente el Chucurro.

Tuve mala suerte ese día. Mi botecito quedó atrás, enredado entre unas basuras, mientras los otros seguían grácilmente en demanda de la meta.

—¡Échale, "Cururo"!

—¡Ya, "Rosita", ya "Rosita" pásalo, m'hijita linda! ¡Eso!

—La "Pancha" no me deja feo... ¡"Pancha", "Panchita". ¡Ya, ahora!

—¡Córrele, córrele!

—¡Al mío no me lo ataja nadie!

—¡Ganó "El Cururo" miéchica!

Concluida la prueba, volvieron para comenzar de nuevo y me hallaron luchando contra las basuras que retenían mi bote.

—¡Qui'hubo, "Taimyr", ho!, me dijo el Saucino mientras me daba un coscacho.

—¡El peso del hielo que lo tiene pegado!, comentó el Chucurro.

Y me dejaron consumiéndome en mi sombría impotencia. Hasta entonces yo había sufrido los insultos con cierta resignación optimista; pero esa tarde volví profundamente amargado a casa, como si algo oscuro y potente me separase de mis amigos.

Al otro día, llevando un libro de Salgami en las manos y unos trozos de pan en el bolsillo, me fui a leer allá, en una playita que formaba el canal, para mentirme con mayor relieve la cercanía del océano que describía el autor.

Hundidos los pies en la acequia, royendo espaciadamente mi mendrugo, me alejé hacia las islas de la Oceanía, en donde se desarrollaba la acción de la novela. Mi alma toda era una vibración de coraje, de temor, de angustia y júbilo frente a los peligros que iban salvando los exploradores. Los salvajes tenían rodeados a mis héroes cuando me llegó un terronazo en la nuca. Me volví con la boca llena de poco literarias expresiones y un enorme pedrusco vino a caer en el agua salpicándome entero. Mis tres amigos se reían como locos frente a mi cara de ira y desconcierto.

—¡Andale, vamos a encumbrar!, me invitó el Tululo, mostrándome un hermoso volantín amarillo y azul, sin dar ninguna importancia a lo que había hecho.

—¡Váyanse a...!, les respondí queriendo alejarme.

—¿A mí me dices?, inquirió amenazante el Saucino y vino hacia mí con los puños apretados.

—¡A vos, grandote abusador! —insistí, mientras cogía una piedra—.

No tuve tiempo de usarla, porque el muchacho se me vino encima y me remeció la cara de dos manotazos.

Le cogí un brazo y le enterré los dientes hasta romperle la chaqueta, sin sentir el dolor de los puñetazos que me daba en la nuca. Estiré hacia arriba una mano y mis dedos se hundieron en su cara. Pero él era más fuerte y de un solo empellón me dejó sentado en el agua. Solté el libro que se fue navegando, graciosamente abierto, por sobre la corriente.

—¡Mi libro, mi libro!, grité desesperado.

El Saucino, metido en el remanso, me sostenía por los hombros para que no pudiera pararme. Sentí correr el agua por entre mis muslos y pensaba con desesperación, en un confuso barajarse, en mi libro, en el pan que llevaba en el bolsillo, en los azotes que iba a darme mi madre cuando me viera llegar mojado.

Tululo y Chucurro corrían por la orilla del canal, dejando caer piedras encima del volumen hasta que lograron hundirlo. Lo vi desaparecer allá a lo lejos y comprendí que nunca más podría recuperarlo. Entonces mi odio y mi rabia se volvieron contra el autor de aquel crimen, que seguía sujetándome, entre insultos y risas. Lo cogí por las piernas, lo vi agitar las manos y el agua saltó hacia todos lados bajo el impacto de su cuerpo. Quiso gritar y solo emitió un glú-glú sofocado que levantó globitos en el agua.

Comprendí que debía escapar y gané rápidamente la orilla, sintiendo a mi enemigo manotear como un perro a mis espaldas. Pero en ese instante, cumplida ya su hazaña, regresaban los otros dos y me atajaron. El Tululo traía su hermoso volantín entre las manos, y al sentirme cogido se lo destrocé de un manotazo. El Chucurro me echó una zancadilla y caí de bruces al suelo, sintiendo cómo la tierra se pegaba en mi ropa mojada. Recibí nuevos golpes y entre los dos me levantaron torciéndome hacia atrás los brazos. A diez metros divisé al Saucino que venía hacia mí sacudiéndose lo mismo que un quiltro. Fueron cobardes mis compañeros: entre los dos me sujetaron para que el otro me rompiera la cara a puñetes. Furioso, lleno de sangre y lágrimas me dejaron allí, con la boca partida, un ojo semicerrado y los dos oídos zumbándome como si dentro de la cabeza me pasara un tren.

Me rumbé junto a la acequia, mordiendo el pasto y deseando morirme para que llevaran presos a mis asesinos y los fusilaran. Diez, veinte, cincuenta tiros a cada uno. Mi corazón clamaba venganza. ¡Si yo pudiera ser Sandokán por un solo instante, cómo les echaría las tripas afuera con mi espada! ¡Cómo los dejaría clavados en el suelo, hechos unos tristes guiñapos! Y después bailaría sobre sus cadáveres, dejándolos allí para que se los comieran los buitres. ¡Miserables! Tres para uno solo y todavía con las manos sujetas... ¡Cobardes, cuadrilleros!

En medio de mi rabia, recordé el libro que se iba hundiendo y quise sepultarme en la tierra para olvidar, para acallar los sollozos que me venían, para no sufrir la nueva bofetada en mi corazón. "Morirme, morirme, morirme", repetía con un pueril y desesperado anhelo de que aquellas palabras me consolaran. "Morir, estoy vencido". Y recordaba a uno de mis héroes cuando acusado de un delito que no cometiera quedó sobre la tierra en posición semejante a la mía.

Morir. Había que morir. Y cerré los ojos.

Sin embargo, pocos minutos después me acordé del trozo de pan que llevaba en el bolsillo. Lo hallé medio deshecho y comencé a exprimirle el agua para llevármelo a la boca. Cuando lo hube terminado de tragar, sacudido de vez en cuando por algún sollozo, sentí una especie de inseguridad fatigosa en el estómago. Los hombros se me encogieron con un escalofrío que me recorrió las espaldas. El sol no calentaba y las manos y los pies se me iban helando. Sentí un calor de horno en la cara. Me mojé en el canal y se mezclaron a la corriente algunos pelotones de sangre coagulada. Pero aquello no consiguió aliviarme. Hasta la barbilla se me remecía con los tiritones que no podía contener. El malestar de mi estómago iba en aumento. Miré hacia todas partes, y el mundo era más estrecho, como si le hubieran puesto un límite fluido más allá del cual no podían alcanzar mis ojos. Me llevé la mano a la frente, que aún ardía, y un espasmo angustioso me contrajo el estómago. Empecé a vomitar con grandes arcadas que me traían más sangre al rostro tumefacto. Y en mis sienes golpeaban martillos con sordo retumbe. Pensé como un relámpago que me iba a morir y un sudor de angustia se mezcló al agua que mojaba mis miembros. "Morir, morir", repetía, y a mis palabras se mezclaba un terror agrandado por las contracciones de mi estómago que ya nada tenía que expulsar.

Entonces eché a correr hacia la casa, sintiendo que el círculo fluido se iba a estrechar en torno mío hasta ahogarme y hacerme flotar en ondas angustiosas.

Recuerdo muy poco qué explicaciones di a mi madre. Me sentí zarandeado de un modo que parecía no tener fin. Comprendí apenas que estaban desnudándome. El lecho, a dos pasos de mí, me parecía inaccesible, remoto. Nunca, nunca podría llegar a él: me moriría antes, porque me era imposible soportar más de pie. Sentí el piso venirse hacia mi cara y después un dolor terrible, como si me arrancaran los brazos: era mi madre que me sujetaba. Luego, unas ondas blancas, suaves, blancas, suaves, que se extendían sobre mí lentamente.

Me hundí en un sopor delicioso.

Estuve muchos días con fiebre, y todos los engendros de la tierra, del agua y del aire tomaron forma para amedrentarme. Eran apariciones desmesuradas que no sé cómo pudieron caber en mi mente sin matarme. Había en todo aquello algo de monstruosamente cruel cuya evocación aún ahora me causa escalofríos. Eran caras cuajadas en no sé qué matriz de pavor. Los mismos seres eran primero lagartos o tortugas y luego se iban transformando en otras cosas con rapidez que yo no podía captar. Aparecía la Vieja Linda con un agudo diente de oro y con unas garras que semejaban puñales. Rosa Hortensia escapaba por un filo de alambres, sobre un abismo sin fondo, seguida por los piratas que asaltaban a Sandokán en el archipiélago malayo. El Saucino cogía pedazos de montaña y me iba enterrando bajo ellos.

En medio de todo esto, aparecía y reaparecía bajo diversas formas una misma sensación. Era una bola inmensa, de pesado rodar, que venía aplastando las casas del pueblo. Yo trataba de pararla con una peineta de dientes quebrados que había en la pieza de Rosa Hortensia, pero mi intento resultaba inútil. Entonces escapaba por una gran puerta que abría con silenciosa lentitud. Pero allí dentro —lo veía cuando ya era muy tarde— estaba el hombre desnudo que me pareara un día en el cuarto de mi amiga. Le colgaban los pelos del pecho, formándole una especie de túnica sucia y harapienta. Y, al reír, lo hacía con la risa cortada y sin fulgores de Menegildo, el Sacristán. Me perseguía por un recinto que era una especie de caverna y se extinguía toda luz, quedando solamente el monstruo y yo iluminados, como si nos hubieran frotado el cuerpo con fósforos. Entonces yo alargaba mi mano y, al tocar mi nariz, se extinguía el fulgor que delataba mi presencia. La otra aparición luminosa rondaba a tientas por la caverna y yo sentía su horrible jadear muy parecido al que producía la caldera del tren de los mineros. Pero después, sin tránsito, me encontraba en la calle esmaltada de sol. Venían muchos coches con payasos y todos repetían abriendo sus bocazas frente a mi rostro: "Soy yo, soy yo, soy yo". Quería gritar y me hallaba convertido en un mono con traje marinero a quien el domador, con una gran fusta, obligaba a subir al mástil de un barco azotado por el huracán. El domador tenía el rostro del sargento Bernardo. Tres salvajes con taparrabos me lanzaban flechas y todas ardiendo desde abajo: eran el Tululo, el Saucino y la madre de Berta. Después comenzaba de nuevo a rodar la terrible bola.

Me despertaba gritando. La cara de mi madre me anclaba en el mundo y volvía a dormirme sin soltar sus manos, sintiendo que aquella era mi única seguridad sobre la tierra.

Después de nueve días me pude sentar. Mis pobres manos eran una cosa tan frágil y mísera que sentía venir los sollozos al mirármelas. Mis hermanas se turnaban para entretenerme. Yo quería leer, pero todos me lo impedían. "No, no, hay que descansar", decía mi madre y me ponía la mano en la frente para cerciorarse de que no tenía fiebre.

Al fin pude abandonar el lecho. Algo que estaba fermentando en mi cuerpo me había hecho crecer. Yo mismo me notaba más alto, pero muchísimo más delgado. Y había en mí una propensión demasiado grande a emocionarme por cualquier tontería.

Estela, mi hermana mayor, me sorprendió llorando por la tarde. No pude explicarle por qué. Había visto morir un pájaro picoteado por un pollo a través de una rendija de la tapia que separaba nuestro patio del vecino.

Algo nuevo, desconocido, muy tenue, crecía en mí, dejándome indefenso frente a las emociones.

Transcurrieron aún unos días antes que pudiera escaparme a la calle. Lo hice con temor, mientras mi madre, inclinada sobre la artesa, lavaba unos trapos, canturreando con tranquila voz.

He dicho que sentía miedo, y era porque el mundo de la calle me parecía un poco desconocido y extraño. Allí estaban las tapias ruinosas, allí la vía férrea, más acá la acequia corriendo sobre su lecho de fango. En las casas, los mismos ruidos, las mismas palabras de antes; pero en mí adquirían una distinta resonancia. No quería encontrar a mis amigos; más aún los esquivaría cuidadosamente en caso de divisarlos. Deseaba caminar solo, alcanzar los campos, mirar los montes lejanos que siempre me habían atraído con su llamada azul.

Repentinamente, recordé a Rosa Hortensia, y algo se encendió en mi sangre. Para eso, más que nada, para eso había salido. Quería estar con ella, en su lecho, sintiendo la cercanía de su carne, dejándome besar y acariciar. Había en mí un empuje de brote pleno que ya sabe conscientemente cuál es su camino. La enfermedad había hecho fructificar otras simientes en mí. Era ya un hombre sacudido en plenitud por los poderes de la carne.

Todavía me duele el recuerdo.

Al cruzar el umbral del lenocinio, mis piernas temblaban y había una opresión angustiosa en mi pecho. Me imaginaba a Rosa Hortensia aguardándome, llena de amor con sus ojos pardos encandilados de júbilo. "¡M'hijito! ¡Mi hombrecito!", repetiría como siempre, en un arrullo cálido. Y yo sería el que toma posesión plena de lo que es suyo.

La escena que se ofreció a mis ojos al abrir la puerta de su cuarto me hizo vacilar como si me hubiesen dado una patada en el pecho. El Saucino, con solo su camisa puesta, estaba en la cama, junto a Rosa Hortensia, y esta, casi desnuda, le prodigaba caricias y palabras que solo yo creía conocer. En un comienzo no me vieron, tan absortos estaban en su esparcimiento. Eran allí un amasijo de carne morena y de carne levemente rosada. El Saucino mostraba un trasero repulsivo en su sucia morenez. Yo veía su boca hundirse en aquella carne, en aquellos sitios de que me sabía único dueño.

Fue la mujer quien primero se dio cuenta de mi presencia, y, en lugar de las palabras que yo esperaba, hizo un gesto de ira y me escupió unos cuantos insultos, seguidos de una orden ultrajante:

—¡Qué tienes que venir a meterte aquí, porquería!

No comprendía, yo no quería comprender. Me quedé tonto, alelado, sin que ninguno de mis músculos quisiera obedecerme. Me echaban, y era ella, ella quien me decía aquello... ¿Cuál era mi delito, santo Dios? ¿Qué pude hacer yo para que me traicionase de aquella manera? Un estampido al lado de mi cara me hizo comprender que Rosa Hortensia me había lanzado uno de sus zapatos. Allí estaba, a mis pies, torcido, lamentable. La mujer seguía vociferando:

—¡Cierra esa puerta, baboso! ¡Ciérrala de una vez!

La última visión que tuve de ella fue la de sus pechos sueltos, de sus cabellos desmelenados, de su boca torcida en una mueca de desprecio.

En la calle otra vez, el sol no alumbraba, el mundo era un planeta frío y hostil, nada tenía sentido para mi corazón.

Comencé a caminar hacia mi casa, presintiendo en ella un refugio inexpugnable contra todo. Recordaba a mi madre y quería llegar cuanto antes a sus brazos. Echarme allí en su pecho a llorar. Esconderme, ocultarme en sus brazos. En la calle jugaban dos perros, como el día en que se llevaron a la Vacunadora. Más allá, dos vecinas hablaban a gritos, de una puerta a otra, comentando algún incidente pueril. El pitazo del tren de los mineros me hizo volver la cara. Allá lejos venía la pequeña máquina, jadeante y humosa. Las puertas y ventanas se llenaron de rostros curiosos. Surgió del interior del conventillo un muchacho desharrapado y mugriento que abandonó tal vez su volantín para acudir a la novedad siempre repetida del paso del convoy. Salió un obrero cesante a comprobar la llegada del amigo que venía de "arriba", con los bolsillos pesados de billetes. En las ventanillas de los vagones aletearon manos morenas; otras manos les respondieron desde abajo con gesto cordial. Y una mujer con un crío en los brazos, una mujer que ya no aguardaba nada, salió, sin embargo, a mirar los pequeños vagones que pasaban por frente a sus pupilas sin fulgor. Oí una voz familiar, inconfundible:

—¡Robertoooo! ¡Cabrooo!

Por una de las ventanillas sobresalía una silueta recia, de renegrido pelo, con un pañuelo verde y azul al cuello y una sonrisa semitorcida en su boca donde brillaba, como una chispa fugaz, un diente de oro.

Levanté el brazo con desgano para responder al saludo. No era a mí a quien llamaban. Mi alma de niño vagabundo había muerto. Estaba solo sobre la tierra. Ya no quería un pañuelo de seda para mi cuello, ni un terno azul marino, ni unos zapatos de afilada punta. El arrabal me había expulsado para empujarme dentro de mí mismo. Los martillazos de la vida no habían logrado endurecerme bastante. Era muy blando para aquella existencia de garras y dientes.

Proseguí cabizbajo hacia mi casa. Allá en la media cuadra, bajo las topetadas del viento primaveral, ensayaba cabriolas el farolito azul.

Ese día me hallé definitivamente cara a cara con mi alma.

SEGUNDA PARTE

La vida tiene otros caminos

I

Hasta ahora yo he hablado muy poco de mi madre y de mi hogar. Es posible que hasta el momento de quedarme solo frente a mí mismo, yo no hubiese reparado en los seres y las cosas que más cerca tenía y que, sin embargo, llevaba en mí como se lleva la sangre en las venas. Es posible también que no quisiera mezclar este mundo caro a mi afecto al otro tan dispar en que se movían mis andanzas de niño. A menudo renegamos de lo que nos es más amado para que nuestras relaciones con los otros resulten llanas y fáciles. El hombre se habitúa desde muy temprano a una especie de mimetismo con el ambiente; pero conserva, allá en el fondo, encarnizadamente, sus grandes afectos, sus cosas más inviolables. Hay seres a quienes se les va la vida en este juego de ocultamiento, y mueren sin haber visto nunca el rostro de su propia verdad. Sin embargo, basta a veces un incidente pueril para revelarles "el otro", del cual anduvieron siempre huyendo.

Unos lo consiguen demasiado tarde; otros demasiado pronto.

Y quién sabe si no sea este el eje único de toda la existencia.

Yo conocía el hogar de mis compañeros en una forma que sólo un niño puede hacerlo. Para mí no existían dominios vedados y mi presencia en cualquier sitio pasaba casi inadvertida por no ofrecer peligro ni desconfianza a nadie. Era como el viento que entra y sale por todas partes. Jugando a veces con mis amigos, iba a meterme bajo el camastro de la madre del Chucurro para escapar de los puños de mis compañeros o simplemente para sorprenderlos con una aparición inesperada. De este modo supe que ella tenía un amante. Era un hombre muy alto, puro músculo y hueso, con un rostro anguloso y unos insultantes bigotes negros. Andaba un poco inclinado, como si quisiera disimular su estatura, y mediaba largo espacio entre una y otra de sus apariciones en el barrio. Lo llamaban el Pájaro y nunca supe en qué consistían sus actividades. Ahora me parece que era un tahúr fullero, pues una o dos veces lo vi mientras marcaba pequeñas pintas rojas o azules en el dorso de alguna baraja nueva, metiendo luego el mazo en su envoltura, sin que pudiera notarse por dónde lo había sacado. El Pájaro no hablaba casi. Una densa atmósfera de seguridad parecía flotar en torno suyo. La Chica Eulalia, madre del Chucurro, le tenía una devoción que se adivinaba en cada uno de sus gestos. El entraba sin decir palabra en la pieza de la mujer y ella se le colgaba de la boca como atraída por un imán poderoso.

—Qui'hubo.

—Qui'hubo, m'hijito.

Se tumbaban después en el lecho, sin desvestirse. Ella besaba al hombre con voracidad, con ternura salvaje, con odio casi, sabiendo cuán breve sería el momento de dicha. Él se dejaba hacer golpeándole las nalgas con su mano abierta, sobajeándola toda, dueño de aquella carne que no tenía para él dominios vedados.

—Estás gordita.

—Para vos, m'hijito, para vos. Quiero gustarte y que no me dejes nunca por otra. Me paso esperándote y no puedo saber si me quieres... Y vos quién sabe si por ahí te acordarás de tu pobre Chica... A mí no me importaría nada dejar a mi marido y a mi cabro con tal de vivir con vos. Pero que fuera vida y no esta porquería que estoy pasando.

Él la dejaba hablar, satisfecho de tanta devoción. Eran tal vez las manos masculinas las que provocaban en la hembra una especie de acezante delirio. Se exaltaba. Hacía confesiones que muy pocas mujeres son capaces de formular. Quería ser para él como un objeto, como una materia sin voluntad, moldeable, dúctil, monstruosamente generosa. Y el Pájaro proseguía en su tarea, silencioso, implacable, deseando tal vez arrebatarle el último secreto de su alma, con la densa seguridad de un animal de presa que hunde apenas las garras en la piel de su víctima para conocer toda la gama de espasmos y aullidos que dará antes de morir.

Y al fin aquello venía. Era una cosa indescriptible, como una espesa red de jadeos y esfuerzos anudados. El cuarto entero se poblaba de sofocadas blasfemias, de palabras menudas, de breves órdenes, de súplicas, de sollozos hendidos por una risa, de risotadas que concluían en un sollozo. Por fin se abatían, y el olor de la transpiración era como el humo que flota en el aire después de un combate.

No creo haber tenido después una visión más inquietante del amor animal.

La madre del Tululo era distinta. Enteca, delgadísima, creaba en torno suyo una mentira de actividad con sus movimientos inútiles, su voz delgada que nunca cesaba de oírse y el parpadeo exasperante de sus ojillos grises. Juro que no la vi jamás sentada. Era una especie de ratón del cual solo se divisa el rabo cuando se mete en su agujero. Un portentoso don de ubicuidad la hacía conocer lo que ocurría simultáneamente en varias viviendas de nuestra calle. Por ella se supo que la Doralisa Olmedo se había ido al campo para tener en casa de unos parientes el niño que le hizo su propio padrastro. Ella fue quien descubrió el alambique donde Nibaldo Lorca, el zapatero, extraía aguardiente del chacolí para vendérselo a los pisqueros del mineral. Ella aprovechó en beneficio propio el forado que habían construido Pedro Alarcón y su hijo para robarle papas al viejo Panchote, el despachero de la media cuadra.

Iba, venía y contaba. Salía de su casa, entraba en la de al lado, daba un vistazo a las ollas del almuerzo, pelaba cuatro papas, volvía a salir, llevaba un cuento nuevecito al viejo Panchote para pedirle fiado un veinte de leña, entontecía al verdulero ambulante para sacarle a menor precio unas zanahorias, se quejaba de la vida, lanzaba un garrotazo a su hijo, corría para destapar la tetera que se estaba subiendo... Uno se mareaba mirándola.

En el barrio era odiada y temida. Pero tenía un ingenio tan vasto que siempre hallaba manera de quedar bien con todo el mundo y de obtener beneficios materiales, aun cuando fuese tan solo una ramita de apio, un dientecito de ajo, un puñado de sal, un trozo de cretona o de brin sobrantes. Hasta hoy me resulta un misterio el sitio donde iban a parar todas las cosas que esta mujer atesoraba pidiéndolas en préstamo o sencillamente robándolas en el vecindario.

Su marido era un hombrecito que no hacía sombra en el suelo. Tímido, silencioso, nunca se sabía cuando estaba en casa ni cuando se encontraba en su trabajo. Al parecer, tenía un empleo en una fábrica de conservas como tomador de duraznos y vigilante de los fondos del almíbar, según la época del año. Para nosotros existía solo por el reflejo que de él creaba el parloteo de su mujer.

—Este pobre Lucinio —solía quejarse la hembra— que tanto trabaja y tan mal que le pagan... Figúrese, vecina, por vidita suya, que este cristiano entra a las seis de la mañana y se hace él mismo su desayuno. De ahí ya no lo veo hasta la noche, porque almuerza en la fábrica la mayoría de las veces. Y qué hambres pasará, digo yo, cuando le dan una pura galleta. Claro que yo le dejo unas matitas de cebolla en el saco para que se prepare su causeo; de otra manera ya habría expirado mi pobre viejo. Al principio yo le mandaba dejar la comida con el Tululo; pero adónde me va a creer, vecina, por vidita suya, que este condenado un día se puso a robar duraznos y ya no dejaron entrar a ningún chiquillo a la fábrica. Claro que no era él solo el que hacía la gracia, porque el caballo suelto que tiene la Clorinda volvía siempre con los bolsillos apretados de duraznos de los mejorcitos. Y claro, como las malas mañas siempre se pegan, el Tululo hizo lo mismo y tuvo la mala suerte que lo pillaran a él. Bien dicen que para todo se necesita habilidá. Si este se hubiera criado desde chico viendo malos ejemplos en mi casa, quién sabe si ahora sería otro ladrón ni más ni menos que el Poroto de la Narcisa, con el que una no puede descuidarse ni un tantito así, porque es capaz de robarle el escapulario que una lleva como protección. Y como le iba diciendo, vecina, por vidita suya...

Los niños, por lo general, experimentan un ingenuo orgullo en ponderar, abultándolas hasta la fantasía, las cualidades falsas o reales que adornan a los miembros de su familia. Mis tres compañeros efectuaban verdaderos torneos de imaginación para hablar de sus padres. Era de ver al Chucurro cuando nos pintaba al suyo, minero desde la adolescencia. ¡Qué centenares ni miles: eran millones los que ganaba en su labor! Con solo tres meses de salario podía comprar un caballo ensillado, trajes para todos y una casa grande como un palacio, "hasta con electricidad". Claro que al padre no le daba la gana y prefería remolerse en solo un par de días lo que le había costado largos meses reunir. Ninguna de las observaciones que los demás pudieran formularle hacía mella en la fe grandiosa y emocionante del Chucurro. Finalizaba siempre por vencerlos a fuerza de fervor y de argumentos inverosímiles. Pero ello despertaba en los otros un rabioso anhelo de superación. "Mi mamita —decía el Saucino— era dueña de unos terrenos que llegaban de aquí como a diez cuadras más allá de ese cerro.

—¡Ándate el mentiroso!, lo atajaba el Tululo.

—¿Vamos a preguntarle, vamos a preguntarle?, lo desafiaba entonces el fantasioso con un fuego, una ira y una actitud que arrollaban cualquiera objeción.

—¿Y animales? ¿Tenía animales?, lo provocaba el Chucurro, ansioso de relatar por centésima vez que su abuelo poseía setecientas (este era el número más grande que podía concebir) vacas lecheras y —¡buh!— algo así como un millón de cabras allá en un fundo que había para la costa.

Pero ¡qué se iba a dar por vencido el Saucino! Más objetivo que sus compañeros los hacía ver la riqueza de su madre por medio de ejemplos. Caballos eran… espérense, como todos los que habían visto juntos en un desfile militar, y si le ponía unos doscientos más no es para que lo llamasen exagerado. Ahora, la quinta con árboles frutales. Andando un día entero no se le daba fin. "Para que vean que una vez se perdió un chiquillo que entró a robar peras y tuvieron que salir como diez hombres a buscarlo".

El Tululo, impotente para igualar aquellas cifras pavorosas, desviaba con habilidad la discusión hacia otro terreno. Sus compañeros podían poseerlo todo, pero no habían tenido un hermano tan forzudo como el suyo, el Chueco Alejandro, "que lo tuvieron que matar entre siete carabineros y murió peleando hasta el último". ¡Ese sí que era un hombre! Levantaba del suelo, sin ayuda ninguna, un bulto que pesaba ciento veinte kilos. El Tululo era rudamente realista en sus afirmaciones. Ciento veinte kilos: algo así como esa piedra grande que había en la esquina, en donde se sentaban los ociosos, más un barril de vino encima y un caballo muerto. Todo eso junto, bien amarrado. Los otros olvidaban sus jactancias para volver hacia él los ojos deslumbrados.

—¡Por la chupalla! Oye, ¿y no se le quebraban los hombros?

—Mi abuelo dice que cuando cargan mucho a un cristiano se le rompe la islilla.

El Tululo se enardecía. A cualquier otro le podría pasar eso; a su hermano, jamás. No le sucedió nada cuando alzó con sus espaldas el eje de una carreta metida en un lodazal y que dos yuntas de bueyes no habían sido capaces de desatascar. Nada le sucedió tampoco el día en que, en un circo, luchó con el Hércules que traía la empresa, "un tontorrón grandazo como tres hombres juntos", que no pudo abatir a su hermano, inmensamente más pequeño, "y todavía con un brazo malo".

—¡Puchas el caballo! ¿Y le dieron un premio siquiera?

—Cincuenta pesitos en plata, los mismos que se fue a tomar con una pila de amigos. Esa misma noche le dio la frisca a cuatro en el salón del Gringo Dionisio.

Yo no decía nada, a pesar de sentirme profundamente mortificado en mi amor propio. Los miraba con la certeza de que todas aquellas eran mentiras; pero ni por un instante se me ocurrió mezclar el nombre de los míos en tales conversaciones. Los conservaba aparte, en un lugar inaccesible para todos, con una veneración inconsciente y profunda que solo ahora se me aparece en toda su verdad. Ni siquiera el nombre de Mauricio, mi hermano mayor, fue mencionado nunca para ponerlo frente a otros. Y eso que Mauricio tenía para mí algo de vagamente legendario, pues hizo en la práctica lo que yo siempre había soñado: vagar por el mundo desde los doce años, sin sujeción a tutelas ni órdenes extrañas. Pero él entraba más bien en la órbita de mis héroes literarios, cercano a Sandokán y a Rocambole.

Ahora caigo en la cuenta de que tampoco había mencionado a Mauricio en este relato. Pero ya habrá tiempo para ello.

Mi actitud levemente señorial y desdeñosa azuzaba a menudo a mis compañeros que se ponían a inventar sus mejores hazañas para mí solo, ganosos de provocar mi sorpresa. Yo los dejaba hablar y hasta fingía una distracción inoportuna que concluía por desanimarlos. Era también un modo de hacerles ver que en algo les llevaba ventaja. Sus cobardías en mi contra no eran otra cosa que el producto de este comportamiento indiferente y superior. Y a menudo buscaban con verdadera saña mi punto débil para atacarme por allí.

—Oye —me dijo un día, con risa de conejo, el Chucurro—, dale saludos a la Hildita...

Fue como si me hubieran pegado una bofetada en la cara. No hallando a mano ninguna palabra capaz de compendiar toda mi indignación, le di una pedrada en el estómago. Lo vi curvarse y caer al suelo retorciéndose. Arranqué corriendo para la casa y estuve un día entero sin salir a la calle. Cuando, tras mil atisbos y precauciones, volví a poner los pies en la acera, lo primero que me saltó a la vista fue un insulto feroz para Hilda, escrito con un clavo en la muralla. Era una frase canallesca que me remeció de indignación. Comprendí de inmediato que en aquello andaba metido el Chucurro, por intermedio del Lalo, su primo, un diablejo esmirriado y legañoso que vivía a dos cuadras más allá y que de vez en cuando solía aparecer por aquellos lados. Me puse a raspar con paciencia el letrerito y cuando mi faena estuvo concluida de modo satisfactorio, me dirigí hacia el lado de la estación. Entre suplementeros y lustrabotas estaba el Lalo jugando a las chapitas. Me vio, y por el recelo de su mirada y de sus gestos comprendí que nada bueno esperaba de mí. Era más débil y de menos cuerpo que yo, y esto me daba una seguridad que llenaba orgullosamente mi pecho. Lo esperé a la vuelta de la esquina, tras una carretela estacionada que me sirvió maravillosamente de observatorio y parapeto. El Lalo apareció como media hora después, contando alegremente las monedas de su ganancia. Yo aguardaba el instante preciso con todos los músculos tensos y el corazón latiéndome alocadamente en el pecho. "Ochenta... noventa... peso... peso diez...", oí que murmuraba con cierta ansiedad mientras iba pasando las monedas de una mano a otra. Entonces, de dos trancos, estuve encima de él. No hizo nada por defenderse. Abatió la cabeza, dobló el cuerpo y se puso los brazos en la cara a modo de coraza. Lo cogí por el pelo y le aplasté las narices de una guantada. Me dio rabia el ver que fuera tan cobarde.

"¡Mamita!... ¡Mamita!", se puso a gritar como un marica. Le di unos puntapiés en el trasero, un último coscacho en la nuca, recogí dos chauchas de las que se le habían caído al suelo y me alejé sin premura: "¡Toma, por poco hombre!", le dije con el último coscorrón. Cuando me hube alejado unos treinta metros, sentí que me gritaba: "¡Ladrón, ladrón!". Y su voz sonaba extrañamente desfigurada al pasar por sus narices obstruidas.

No le hice caso y pasé a comprar pastillas de café con leche en el almacén de la esquina.

Sin embargo, mi venganza no pudo evitar que el Chucurro, a su vez, me diera un garrotazo y varias patadas en la primera ocasión que me puse al alcance. Desde entonces, para provocar mi exasperación, no hacía otra cosa que gritarme: "¡Cuñado, dele saludos a la cabra!".

Yo deseaba con la mejor de mis intenciones que lo atropellara el tren.

II

Cuando yo trato de recordar a mi padre, se produce en mi ser una especie de angustiosa debilidad, un sentimiento de vacío, de algo incompleto que no puedo reconstruir con los escasos datos que afloran a mi conciencia. Son dos o tres escenas pueriles que ignoro por qué ha registrado mi mente. Algo como esos relampagueos inasibles, de un sueño que se procura rehacer y que nos muestra solo una que otra forma, como si se hallara en disolución.

Yo estoy en la cama, ignoro por qué, pues ya hay sol en mi pieza. Siento en el cuarto la proximidad de mi madre; algo semejante a una tibieza que perciben mis sentidos. Creo que aplancha o remienda algún trapo; no lo sé, pero me basta sentirla. Si se marchara, comenzaría de inmediato a clamar por ella. Ella está canturreando suavemente, pero de pronto se calla, pues alguien ha llamado a la puerta. Atraviesa el cuarto; y noto por detrás el estremecimiento de sus hombros, una especie de repulsión, de piedad y de súplica, todo junto, sin saber cuál de estos impulsos domina. Entra un hombre sonriendo bajo sus bigotes negros y le brillan los dientes con un blancor húmedo ("escandaloso", digo yo, sin saber lo que tal palabra pueda significar). La pieza se llena de una atmósfera de alcohol. Es un olor pesado, gaseoso, que se pega a los muebles y que casi podría distinguir con mis ojos. El hombre me mira y después echa hacia afuera su vista por la ventana. No puedo recordar ahora su risa ni su voz. Es solo una figura con bigotes moviéndose en el cuarto. Va hacia la cuna y se queda mirando a Hilda, mi hermana menor, que duerme con una manecita empuñada cerca del rostro. Sale después y mi madre camina tras él. Los siento hablar afuera en tono más alto que el normal.

Temo que a mi madre le pueda suceder algo y la llamo. Aparece pocos momentos después y noto que ha llorado. "¿Quién te hizo llorar, mamá?". Ella no dice nada y me aprieta la cabeza contra su pecho. Me ha quedado en el rostro la sensación de su tibieza. "Cuando sea grande, no dejaré entrar a ese hombre", pienso.

Otra vez, en la calle, el hombre me hace señas desde una cantina. No sé si escapar o acercármele. Voy hacia él fingiendo indiferencia. Entonces siento su mano en mi cabeza. Me dice algo con su voz que ahora no recuerdo y me pone después dos billetes azules en la mano. Son para mi madre. "¿Será malo recibirlos?", me pregunto, perplejo. Pero ya el hombre se ha marchado. Yo corro a casa y le doy aquellos billetes a mi madre. Ella sale a la puerta sin meterlos en su portamonedas y se queda mirando la silueta del hombre que se aleja. "¡Qué incomprensible es tu padre!", murmura. (¿Qué querrá decir con eso?) Después se va a la cocina. "Mi padre", me quedo pensando. Camino en busca de mi madre. "Mamá, ¿un padre es un papá?". "Sí, hijo". "¿Y un papá no tiene que estar en la casa?". No me responde y sigue picando cebollas. Después me empuja con su voz: "Ándate a jugar".

Mi padre era tipógrafo. Entre las cartas, papeles y retratos que mi madre guardaba, encontré cierta vez un pequeño folleto que aún conservo. Es una cosita minúscula, impresa en mal papel de diario —solo 18 páginas—, que lleva por título "Peregrinaciones". Arriba está el nombre de mi progenitor. Debajo dice:

"Poema en prosa". Y en la línea siguiente: "Ejemplar único". Son unas llorosas divagaciones que antes me hacían soñar, pero que ahora provocan en mí una sonrisa de ternura indulgente, como los primeros monos que hizo mi hijo. Supongo que mi padre compondría su obra después de las horas de trabajo, con un orgullo que le impedía comunicar a los demás su calidad de autor. Quién sabe cuántos sueños, cuántas esperanzas e ilusiones pondría allí aquel ser que me es tan cercano y distante al mismo tiempo. Ahora que estoy escribiendo, me acuerdo de lo que me dijo mi madre cuando me publicaron el primer cuento en un periódico de provincia:

"¿También serás tú un cabeza loca, como tu padre? Con él y con Mauricio ya tengo bastante".

Mauricio, mi hermano, era otro cabeza loca. Abandonó el hogar cuando apenas tenía catorce años y nos escribió seis meses más tarde para anunciarnos que estaba de mozo en un restaurante. La carta venía desde un pueblo sureño, lejano, que solo Estela sabía dónde quedaba. Tiempo después, la casualidad nos hizo saber que se había marchado a las salitreras en un enganche y que allí se encontraba trabajando con los pampinos. Sin embargo, nunca escribía para hacernos conocer su suerte. Volvió al hogar cuando tenía diecisiete años. Mi madre lloró de júbilo, creyendo que aquel retorno era definitivo. A las dos semanas Mauricio volvió a partir y pareció que en la casa hubiese muerto algo: él la llenaba con sus palabras jugosas, con sus risas jocundas, con el incesante movimiento de su cuerpo incansable. Era de oírlo relatar sus cosas. Cuando él hablaba, la habitación, el patio y la mente se llenaban de seres y de nombres de pueblos, como si todos, por unos momentos, fuésemos los viajeros de un tren que nos llevara a través de regiones desconocidas, y, para mí, fantásticas. Coquimbo me sonaba a mar con yodo, barcos y rocas. Antofagasta me dejaba un sabor de piedra reseca en el paladar. Lota era una cosa húmeda, semejante a un cuero que hubiese estado mucho tiempo bajo la lluvia. Puerto Montt era la puerta de la aventura, la ruta hacia los hielos que ya Salgan me había mostrado en su aventura del "Taimyr".

Todo eso vivía y alentaba en las palabras de Mauricio. Yo lo oía en silencio, acodado a la orilla del fuego, soñando con irme también y llegar aún más lejos que él cuando tuviese su edad.

Estas cosas me hicieron colocar a mi hermano junto a los héroes que amaba mi corazón. ¡Qué pobres eran mis amigos ponderando las riquezas de sus padres o la extraordinaria fuerza de algún pariente! Mauricio había vivido, luchado y sufrido de verdad, con un alegre impulso que todo lo traspasaba y lo vencía. Para hombres como él había sido hecho el mundo libre y vasto.

Su físico no tenía nada de extraordinario. Era un muchachón delgado, recio, de fuertes espaldas y anchas manos. Tenía una risa de lobo joven y con sus dientes habría podido triturar una piedra. Pero todo esto apagado por una tez casi cobriza y por una forma desmañada de caminar. Cuando estaba en la casa, yo lo sentía venir desde muy lejos, pues los tacones de sus zapatos, unos recios zapatos de minero, raspaban cada dos o tres trancos las piedras del pavimento. Ya en las pisadas podía adivinarse lo densos y compactos que eran sus músculos. Uno de sus entretenimientos favoritos consistía en hacerme que le golpeara el estómago con los puños. Era como pegarle a una muralla, y después de cada impacto tenía que soplarme los dedos como si me los hubiese quemado. ¡Y sus palabrotas! Cuando estábamos sentados alrededor del brasero, esperando la tortilla que había amasado mi madre y que se cocía al rescoldo, Mauricio, creyéndose entre sus amigotes, soltaba algún despropósito que mi madre castigaba dándole con las tenazas por donde primero caía. Su risa era entonces más ancha que nunca, y con ella borraba lo soez de su vocabulario.

—¿Usté cree, señora, que en la pampa lo van a entender a uno con buenas palabras?, agregaba, disculpándose, sin dejar de reír.

Siempre llamaba señora a mi madre, como un acatamiento de su autoridad, ante la cual, ni aun estando borracho, dejó de doblegarse.

Una innata limpieza de alma impedía a mi madre soportar el vocabulario grosero. Defendía a mis hermanas de todo contacto con las cosas brutales de la vida, y cuando la mayor, Estela, le anunció su propósito de trabajar, su suave mansedumbre se transformó en una silenciosa fiereza que no admitía objeciones.

—No, no y no —le oí decir aquella mañana—. Yo tomaré lavados y me amaneceré en la artesa, pero ninguna de ustedes se verá expuesta a los peligros de la calle.

Intentó hacerlo, efectivamente, y la vimos destrozarse en una labor agotadora y mal retribuida. Una noche, tosiendo y temblando, la abandonó su fortaleza junto al brasero y no pudo retener los sollozos.

—¡Pobre mujer, pobre mujer!... Ni para eso sirvo ya, se quejaba con hondo desconsuelo y chirriaban sus lágrimas al caer en los cuatro carbones encendidos que pretendían darle calor.

Pasábamos días amargos. Mi padre se había entregado definitivamente a la bebida y nada podía esperarse de él. La última noticia suya que teníamos era que lo habían visto tomar un tren para el sur. Volvería en unos meses, dentro de un año tal vez, o de dos, para hacer una fugaz aparición bajo el techo que cobijaba a su familia, sin traer un centavo. De Mauricio no sabíamos nada, y tampoco habría aliviado nuestra situación la certidumbre de su suerte, pues en casa ya no había qué comer. La última prenda presentable, una blusa que mi madre se ponía para salir, había sido enviada una semana antes al montepío: con su producto comimos un día y medio. El demás tiempo nos alimentamos de milagro. Pero aquello no podía mantenerse indefinidamente, pues debíamos, además, tres meses de arriendo, y el propietario, un hombre cetrino, agresivo y resoplante, nos había amenazado con lanzarnos a la calle si no pagábamos.

Solo entonces accedió mi madre a los ruegos de Estela. Y lo hizo como quien se arranca un pedazo del corazón para tirarlo al barro. Cuando mi hermana llegó el sábado con su primer sueldo —un billete y un triste puñado de monedas—, ella estuvo largo rato mirándolo, allí, en un ángulo de la mesita baja que había cerca del brasero, y solo al cabo de media hora se decidió a tocarlo. Me mandó a comprar provisiones y se quedó con los ojos fijos en sus delgadas manos de canela extendidas sobre un rescoldo sin calor; sus manos de venas salientes, de piel ajada, de uñas llenas de padrastros. Hoy, cuando quiero recordar a mi madre, comienzo por reconstruir sus manos y su actitud de esa tarde.

Estela era callada y reflexiva, pero no cerebral. A los catorce años tenía todo el aspecto de una mujer que conoce cuán estrecho es el horizonte que ofrece la vida a los humanos. Se conformaba con poquísimo y creo que nunca se le ocurrió soñar. El ideal tranquilo de su vida debió haber sido en aquel tiempo un hombre trabajador, una casita modesta y limpia y muchos niños a quienes cuidar y atender. La vida le dio más de lo que pedía, pero ella no cambió en absoluto. Ahora, cuando la veo en su casa rodeada de jardines, al lado de su esposo que es un gran industrial, me pregunto si será feliz. Pero ella no deja traslucir nada. Viste sin ningún lujo y su mundo está circunscrito a su marido y a sus cuatro hijos. Aun para hablar de sus penas no pierde la paz de su rostro. Estela es el tipo de mujer indicado para hacer la felicidad de cualquier hombre, empleado, industrial, banquero o artista.

Tenía ciertos puntos de contacto con Hilda, la menor de nosotros; pero difería en absoluto de Sonia, dos años mayor que yo. Sonia era todo movimiento, ímpetu y picardía. Decisiva, directa, irascible, tan pronto estaba cantando como las emprendía a puntapiés con un gato o daba todos sus centavos a una pobre mujer que llamara a la puerta. Era —no encuentro mejor expresión para definirla— alegremente supersticiosa. Andaba siempre recurriendo a mil cábalas para proteger sus empresas. La más socorrida era la de amarrar a Pilatos. Apenas se sentía indecisa acerca del resultado de algo que ella anhelara, cogía su pañuelo, le echaba un nudo en una esquina y principiaba a golpearlo contra un mueble, contra la puerta o la pared. "Pilatos, Pilatos, si no me haces caso no te desato". Mi madre tenía en su cuarto, sobre la cabecera del lecho, una imagen de la Virgen del Carmen, a la cual Sonia demostraba reverente devoción. Era preciso verla de rodillas frente a la imagen para saber con qué recogimiento y humildad formulaba sus súplicas. Un día que llegué de puntillas al cuarto para esquivar a mi madre, pues regresaba de una excursión de cuatro horas por los campos, la hallé arrodillada en el suelo, unidas las manos, balbuceando:

—Santísima Virgen del Carmen, permite que mi mamá me dé permiso para ir al circo esta noche. Yo me portaré bien, no me robaré el azúcar, ni meteré los dedos a la leche para sacarle la nata.

Sintió tal vez la necesidad de explicar a la Augusta Señora que ya lo tenía todo arreglado para que no creyese que era dinero lo que le pedía y prosiguió apresuradamente:

—Plata yo tengo, Virgencita linda, porque le vendí la muñeca a la chiquilla de la Rita y no me robé ni un centavo.

Claro que se olvidaba de explicar a la imagen que la tal muñeca se la había quitado a estirones a otra vecinita de su edad, amenazándola con el infierno, las ánimas y el espectro del muerto de la esquina si algo decía de aquel despojo.

Pero no resultaron los engaños. La cosa se descubrió y no hubo circo sino una azotaina de todos los demonios que la dejó por varios días sin poder sentarse derecha. Esa misma noche la vi poner cabeza abajo a la imagen, mientras la increpaba:

—Vos tuviste la culpa, Virgen fea, y su boca se torcía en una mueca de agresividad y despecho.

Pero instantes más tarde estaba otra vez rezando y pidiendo perdón con un arrepentimiento que era de ponerse a llorar.

Yo ignoro qué arte milagroso poseen ciertas madres para alimentar a sus hijos con casi nada, con unos centavos apenas, con lo que cualquiera se gasta en cigarrillos por día. El dinero adquiere en manos de estas mujeres un poder sobrenatural que la mayoría de los seres bien alimentados desconocen.

Yo no sé cómo se las arreglaba mi madre para mantenernos a todos únicamente con lo que ganaba Estela. Cierto es que a fin de semana nuestros platos estaban casi vacíos; pero el domingo había desquite. Y, en espera de aquello, creo que soportábamos. Yo pienso que mi madre comía menos que todos y aun, a veces, no vaciaba en su plato de latón lo que quedaba al fondo de la olla para no hacernos ver lo exigua que era su ración. Una vez que la sorprendí llevándose la cuchara vacía a la boca, dijo como si recién reparase en tal detalle:

—¡Vaya! De veras que había terminado.

—¡Pero si apenas ha metido tres veces la cuchara!, le advertí.

—Estoy satisfecha. Probé tantísimas veces el caldo cuando lo estaba haciendo, que me tomé más de un plato.

Yo sentí un extraño calor en los ojos. Pero tenía hambre y me engullí mi parte luchando contra algo indefinible que me apretaba la garganta. Ella se fue a lavar la olla en el pilón y yo la seguí como un delincuente. Quería decirle algo. Quería prometerle que cuando yo fuera grande tendríamos plata de sobra y quedarían muchas ollas repletas después que estuviésemos satisfechos. Allí estaba ella, pisando con sus pobres zapatos torcidos el charco de agua formado por el pilón roto. Allí, con su chalcito de lana amarillento, encogida, pensando, pensando mientras limpiaba el tiesto. Cuando volvió la cara, su pobre cara envejecida por tantos días duros, yo sentí que algo grandioso y solemne emanaba de toda ella. Al pasar a mi lado, esquivando mis ojos, yo hubiera querido, sin saber por qué, tomar la punta de su delantal y besársela.

III

A través de mi padre y de mi hermano, mi madre habíase formado una idea triste, tierna y desconcertante de los hombres. Tal vez no fuesen para ella sino pobres seres perdidos, con retazos de sentimientos, sin noción de deberes ni de frenos. Su fatalismo sin amarguras le había hecho ver sin duda que aquello no tenía remedio. Por eso tal vez conmigo no era muy exigente. Sus reprimendas, no obstante, me dolían más que sus golpes, pues descubría en ellas que iban más allá de mi falta, que reprochaban a mi padre, a Mauricio, a todo el conglomerado que formamos los humanos. Algunas madrugadas, al regresar del club donde he quemado mis horas junto al tapete, las fichas y los naipes, yo me he despreciado, comprendiendo que aquella mujer callada tenía razón. No valemos nada. Somos unas tristes cosas sin responsabilidad. Pensamos enmendarnos, sentimos asco de nosotros, algo —al día siguiente de una juerga— nos dice que somos unos canallas. Quisiéramos lavarnos. Y todo no son más que piadosas mentiras para esconder nuestra cobardía. Siempre volvemos a empezar.

Por eso yo no puedo condenar a mi padre ni a mi hermano. Soy como ellos. Estoy hecho con la pasta de los hombres, es decir, con el barro más deleznable y sin brillo. Quien haya comprendido esto, sentirá lo que yo siento ahora.

Yo era fantástico. Soñaba con imitar al Diente de Oro, soñaba con labrarme una fama de terror y de guapeza. Después, ante el callado drama de mi hogar, fui comprendiendo la inutilidad de todos esos pobres gestos. A lo mejor el Diente de Oro tenía también una madre silenciosa que pensaba en su hijo y lloraba por él sobre un plato de caldo sin sustancia. Y todos: Menegildo, el Borrado, la Vacunadora, todos.

Comencé a pensar demasiado pronto, porque el espectáculo de la vida no es nunca vano para quien no ha matado su corazón.

Ya no encontraba verdadera alegría en amarrar latas al rabo de los perros ni en provocar escándalo con una frase audaz y tabernaria. Algo en mí rechazaba tales actos, y aun cuando quisiera persistir en ellos —siempre es duro abandonar lo que va con nosotros— era ya más bien el espectador y no el actor: algo frío y amargo me hacía ver desde afuera mis estupideces. Y, entretanto, los libros me iban labrando por dentro.

Cierto día, la casualidad me hizo descubrir un inagotable tesoro. Yo, en verdad, conocía muy poco mi pueblo por el centro. Hasta entonces solo sabía moverme con soltura en el barrio dominado por el prostíbulo. Allá, entre gentes bien vestidas que hablaban con corrección, me sentía un tanto perdido y pasaba por entre el tumulto con rapidez escurridiza, como un perro que teme un puntapié. Pero la maravilla estaba allí.

Ya había reparado en ella un día que me mandaron a la botica de turno a comprar una droga para una de las prostitutas. Entonces no me dijo casi nada: fue algo semejante a la curiosidad que despertaba en mí la banda de un circo. Pero cuando hube agotado la provisión de libros que guardaba mi hermana, cuando me sabía casi de memoria la historia sagrada, cuando —después de mi rompimiento con Rosa Hortensia— las puertas del lenocinio fueron para mí cosa prohibida, mi recuerdo se detuvo en una planchita de losa colocada allí al lado de una gran puerta, en plena calle central:

BIBLIOTECA
Atención al público, de 4 a 9 PM.

Aquella vez había visto hombres leyendo a ambos lados de una mesa larga y había observado a varios muchachos que salían con bellos libros ilustrados entre las manos. Entonces concebí mi plan, un plan temeroso y audaz como una expedición al Polo Norte. Estuve dos días, tres días pensándolo. Al fin decidí resolver de una vez el enigma inquietante. Vería cómo era aquello, y si también me permitían a mí…, a mí, niño desconocido del suburbio, retirar uno de aquellos libros; entonces diría que el mundo era bello y grande y que los hombres eran generosos. En el trayecto temblaba, y al llegar a la esquina de la calle central sentí que luchaba contra algo denso que había en mi alrededor. Pero ese algo denso estaba dentro de mí: era mi apocamiento de niño que comprende la majestad de algo. Una frase pueril, que a mí me resultó maravillosa, pareció disolver mi indecisión: "Al fin, ¿pierdo algo si me dicen que no?", me dije, y aquello me impulsó como un resorte a cruzar la puerta. Pero estuve a punto de abandonarlo todo y de echar a correr cuando los ojos de los lectores que allí había se clavaron en mí, en mis piernas sucias, en mis pies desnudos que se afirmaban sobre el piso encerado. Eran centenares de anteojos, de narices, de frentes que blanqueaban bajo la luz central. Y allá, muy lejos, muy lejos —¡y había que atravesar todo ese espacio sin apoyarse en nada!— veíase un hombre de unos cuarenta años, amplia frente y largas manos, que leía de sesgo en una mesa pulida, con el codo en la cubierta y la palma de la mano detrás de la oreja, en una profunda abstracción. Era sin duda el dueño de todo aquello. Y yo iba a interrumpirlo con una petición absurda, increíble, insultante. Iba a pedirle que me dejara llevar un libro, yo que tenía las manos sucias y el pelo desgreñado. Estuve a punto de renunciar a todas las maravillas de la tierra solo por no tener que balbucear frente a la sonrisa burlona de aquel ser superior.

Pero el hombre hermético levantó la mirada del volumen y solo después de un momento pudo hacerla calzar en mi persona. Entonces me hizo seña de que me acercara. Fui hasta él, sin hablar, hipnotizado por su gesto, y al fin, al fin pude apoyarme en algo: una esquinita de la mesa. Pero mis dedos dejaron una mancha opaca sobre la superficie reluciente y sentí verdadero terror. Llevé mis manos a la espalda, tratando de dominar el temblor que las movía, no sin pensar si sería correcto limpiar la huella con mi manga. Pero la superficie volvía a recuperar su brillo lentamente y solo quedaba allí una débil impresión.

—¿Qué quieres, jovencito?, me preguntó una voz tan amigable que yo tuve valor para mirarlo fijamente a los ojos con la desconfianza de quien husmea una celada.

—Este... bueno... yo...

—Este… bueno... eres tú, repitió el señor, con un tono de tal comprensión que sentí ganas de reírme de mí mismo. Aquel caballero no podía engañarme.

No obstante, ¿cómo encontrar palabras cuerdas para que mi petición se hiciera inteligible? Luchaba, luchaba torturándome los dedos detrás de la espalda: quería que él comprendiese y que no me obligara a decirlo todo. Pareció adivinar mi incapacidad de expresarme y añadió, todavía más acogedor:

—¿Tal vez quieres un libro?

—¡Sí, señor!, dije con voz tan fuerte que casi sentí el girar de las cabezas a mi espalda.

—¡Vaya, hombre, qué entusiasmo! —dijo el señor, chanceando—. Pero dime, ¿sabes siquiera leer?

—¡Sí, señor! —repetí, esta vez con cautela y de un modo tan bajo que temí no haberme hecho escuchar.

—A ver si es verdad —añadió él, y se levantó para retirar un libro del estante.

¿Era tal vez un mago aquel señor? El volumen era el tomo primero de "El hombre de fuego", de Emilio Salgari, y estaba ante mis ojos asombrados abierto en aquella página donde el acompañante de Álvaro de Viana se impone de la forma como preparan los indios la deliciosa bebida que acaba de ingerir: nada menos que haciendo masticar a las viejas de la tribu los tubérculos que luego escupen en un recipiente.

—Lee aquí, su uña pulida me señalaba un renglón.

Lo dije de corrido, maravillosamente, sin un solo tropiezo, ansioso de mostrar a este amigo que no lo había engañado.

—Muy bien —sacudió la cabeza y adelantó suavemente el labio inferior con gesto de perpleja aprobación—. ¿En qué escuela estás?

—En ninguna, señor.

—Entonces, ¿dónde aprendiste a leer?

—Solo, señor..., en los cuentos, en los papeles que hallaba por las calles.

—¿Tú te figuras que eso te lo voy a creer?

—¡Señor..., es cierto..., es cierto!, dije con desesperación.

Sería tan patética la expresión de mi rostro, que el hombre me miró con mayor detenimiento que antes, como si yo le fuere resultando un enigma.

—¡Vaya con el jovencito! ¿De manera que solo, no? Pero los nombres de las letras, cómo unirlas, te lo diría alguien.

—Sí, señor, la Cara de..., la Berta...

—¿La Cara de qué ibas a decir?

Sonreí, avergonzado.

—¡Vamos, hombre, suéltalo!

—La Cara de..., ¡de Pantruca..., señor!

Soltó una risa breve y armoniosa.

—¿Alguna amiguita tuya?

—Sí..., bueno..., fue amiga.

—¿Peleaste con ella tal vez?

—No, pero...

—¿Pero qué?

—No me gusta ir a verla. Vive en el conventillo...

—¿Y tú vives en algún palacio?

—No es eso, no, no crea... Es que...

No sabía cómo explicarlo, porque tal vez ni para mí mismo tenía explicación lógica.

—Bueno, quedamos en que no te gusta. ¿Y qué cosas has leído?

—¡Buh!, muchas.

—¿Más que estas que hay aquí?

—Nunca tantas, pero como ese montoncito, sí.

—Entonces eres un sabio... ¿Cómo me dijiste que te llamabas?

—Roberto... Roberto Lagos, señor.

—Bien, pues, don Roberto Lagos, trataremos de dejarlo contento. ¿Tienes preferencia por algún autor?

—Este... ¿cómo, señor?

Se rió. Pareció darse cuenta de que estaba hablándome en términos incomprensibles.

—Digo si sabes quiénes han escrito los libros que leíste.

—La historia sagrada la escribió Dios.

—Nada menos que Dios. ¡Pues bonito enredo es el que hizo Dios con Adán y Eva, Noé y el arca, Sodoma y Gomorra y todo lo demás! ¿Y tú crees esas tonterías?

—No son tonterías, señor. Son cosas que pasaron.

—Bueno, bueno, no discutamos, jovencito abogado. ¿Viven tus padres?

Aquel señor tenía muchísimas cosas más que preguntar; pero lo hacía de un modo tan llano, tan cordial y bien hilvanado que uno no sentía ninguna molestia en responderle. Al final se quedó meditando.

—Tú tienes que ir a la escuela, me dijo.

Colgué de su rostro una mirada de angustia. ¿En aquello iba a terminar mi valerosa empresa?

—Señor, ¡yo quiero leer!, grité casi.

—Sí, sí, también eso. Pero lo harás después de las horas de estudio. Porque ahora te lo llevas todo el día en la calle, ¿verdad?, tirando piedras, corriendo, malgastando el tiempo. Y tú no eres de los que deben perderse. Claro que para prestarte libros se presenta una dificultad. ¿Quién me responde que volverás después que te hayas llevado algo de aquí?

—¿Y para qué quiero un libro después de haberlo leído?

—Para hacer chonchones, botecitos de papel, aeroplanos…

—¿Con un libro, señor?

Juro que yo no concebía tal sacrilegio. Pareció convencerse de ello. Me miró, miró los estantes, sonrió a algo que le andaba por la mente y me dijo estas palabras estupendas:

—Tendrás un libro. Yo respondo por ti.

Si hubiéramos estado solos, creo que lo hubiera abrazado. Pero me quedé allí, estático, deslumbrado, con el corazón encendido de felicidad y gratitud.

Cuando salí a la calle, apretando aquel sagrado tesoro contra mi pecho, supe que había realizado un acto infinitamente más grande que parecerme al Diente de Oro.

IV

Supe más adelante que este caballero tan amable, sonriente y cordial era un escritor, un hombre que hacía libros como aquellos que yo iba retirando de la biblioteca con una voracidad angustiosa. Llegamos a ser amigos, y su llaneza natural me hizo olvidar por mucho tiempo a mis camaradas del suburbio. Mi madre estaba realmente sorprendida de tamaño cambio y miraba con desconfianza los volúmenes que me retenían en casa. Sin embargo, nunca me dijo nada, pensando tal vez que mi nueva pasión era más inofensiva que la de andar vagando por esas calles de Dios. Naturalmente, a menudo tenía que hacer algún mandado, y entonces abandonaba mi relato refunfuñando, con ganas de desterrarme en una isla desierta para que nadie me molestase, Por supuesto que mi madre también perdía la paciencia y procedía. En los ochenta días que tardó Phileas Fogg en dar la vuelta al mundo con su criado Picaporte, yo me gané por lo menos diez coscorrones y una verdadera zurra con una tabla de cajón azucarero. Sollozando fui a tenderme bajo el catre, y allí, en la semipenumbra que proyectaban los flecos y las roturas de la colcha, supe cómo mis héroes daban por terminada su hazaña, declarándose derrotados, y cómo, después, cuando ya se me habían caído las alas del corazón, sobrevenía la inesperada y desconcertante coronación de su empresa.

Corrí hasta donde mi protector, olvidado ya por completo de los azotes, para decirle con los ojos llameantes que aquel era el mejor libro que había leído en mi vida. Charlamos largo rato, como dos buenos compañeros de la misma edad, y me figuro que era él quien recordaba más detalles del relato, a pesar de que lo había leído cuando tenía quince años, según me confesó.

—¡Qué bien, muchacho, qué bien!, me dijo al final, y me miraba de alto a bajo moviendo la cabeza.

Encendió un cigarrillo, tiró el fósforo con certero pulso a la taza vacía que estaba en una mesa próxima y preguntó después:

—Oye, tú me hablaste al pasar el otro día de tu tío Antonio. Como eres tan fantástico, supongo que lo de sus millones será un cuento más.

—No, señor —le respondí con tozudez indignada—. Tiene un molino y tiene un fundo.

—Bien, bien —prosiguió con resignada negligencia—. ¿Y cómo es el apellido de ese potentado?

—Antonio Bernal.

—¡Oye! ¿Pero es verdad?

—¿Alguna vez le he mentido? Antonio Bernal, y el molino se llama "El Mirador".

¡Caramba! Se había quedado con el cigarrillo a medio camino, sin acercárselo a los labios y miraba directamente a mis ojos, pero más allá de —¡ya lo tengo!— dijo después, de golpe.

—¿Qué cosa?, interrogué.

Siguió sonriendo, y desde muy lejos, desde el fondo de su abstracción, me replicó:

—Nada, nada; puedes irte. Hice instintivamente un gesto de perplejidad y salí con un nuevo libro debajo del brazo.

Tres días más tarde tuve la explicación del enigma, cuando a la puerta de mi casa se paró el coche de mi tío Antonio. Me habían habituado a llamarlo así; pero no era propiamente mi tío, pues su madre era hermana de mi abuela, y todavía solo hermana por el lado paterno. Una cosa que me costó mucho entender, por más explicaciones que me daba mi madre.

Pues, bien, bajó mi tío Antonio, que era un hombre muy alto, de pelo gris claro con un bigote castaño muy cuidado, y que al reír mostraba una chispa de oro en los dientes. Me tocó abrirle la puerta, y él permaneció en mitad del cuarto, las manos sobre el bastón, mientras yo iba a llamar a mi madre que estaba por allá adentro en sus quehaceres. Cuando le dije quién la buscaba, su rostro se volvió impenetrable, pero pude adivinar en él una reserva rencorosa.

La entrevista fue fría, muy de circunstancias, como si entre ellos hubiera una valla que ninguno quería franquear. Cómo está fulano, qué es de zutano, cómo pasa el tiempo; cosas de pura fórmula, sin interés ni vibración. Por fin mi tío se metió resueltamente en el asunto:

—Yo he venido a hablarte de Roberto. Está ya demasiado grande para seguir perdiendo su tiempo. He sabido que lee mucho y que es bastante despierto. Creo que ha llegado el momento de mandarlo a la escuela.

—¡A la escuela! (¿Qué fácil es decirlo, no?) Tú has visto cómo vivo: aquí me tienes; aquí tienes mi casa.

Lo decía con una reconcentrada fiereza, como si la intrusión del hombre hubiese venido a descubrir algo que ella deseaba ocultar.

—¡Escuela! Sí, que aprenda —prosiguió—, que se haga un hombre letrado como su padre, y que después se vaya a las cantinas para olvidar lo que pudieron enseñarle.

Fue la única vez que la oí quejarse de su situación. Pero no era propiamente una queja, sino un reproche contra algo más fuerte que ella y más fuerte que todo.

Mi tío comprendió plenamente, al parecer, la amargura de tales palabras.

—No digas eso. Si el muchacho es inteligente, ya sabrá comprender cuál es su deber para contigo. Yo quiero hacerme cargo de su educación. Espero que no te opondrás.

—No, no puedo oponerme. Está bien, Antonio, y te lo agradezco.

—Es muy poco, muy poco —dijo él con tono ya más humanizado—.

Yo habría deseado hacer algo por ustedes; pero tú misma.

—No hablemos de eso. Se nace para ser infeliz, como tú naciste para vivir bien. Te agradezco esta generosidad más de lo que puedo decirte. ¿Qué tengo que hacer?

—Mándame mañana al niño… a las... Espérate... no, a las diez en punto. Yo estaré en mi oficina a esa hora. Estela debe saber mi dirección.

—Sí, creo que sí.

—Entonces, muchacho, mañana te espero. Si no fuera por tu amigo de la biblioteca, yo no habría sabido nada de ti. ¿Estás contento?

—Sí, tío, respondí con una alegría hipócrita, pues en verdad no sentía demasiado entusiasmo frente a la perspectiva.

Cuando mi tío hubo salido, mi madre se quedó mirando la puerta.

—Siempre igual —musitó—. Dentro de un mes se habrá olvidado de ti y de todo. Las personas son como son... Pero, en fin, que no haya quedado por mí. Y tú, Roberto, procura corresponder; pórtate bien, trata de no perder tu tiempo.

Comenzó a sacudir la mesa con el paño de la cocina que había conservado todo el tiempo entre sus manos.

Verdad es que a mi tío le debo yo mi educación; sin él no existirían para mí las cosas bellas y nobles que me ha ido mostrando la vida en medio de su podredumbre. Pero falsearía este relato si no lo describiese tal como era.

El mismo me ha contado que su niñez fue dura y su adolescencia llena de privaciones. La familia de mi madre tenía entronque campesino, pequeños propietarios de la costa, a quienes las malas cosechas y las deudas fueron quitando sus tierras hasta obligarlos a emigrar a la ciudad, en donde se dispersaron y subsistieron cada uno según sus medios de adaptación. Mi abuelo era un anciano con alma de payador, inculto, gruñón, con una salud de espino. De él nos han quedado pequeñas coplas ingeniosas, payas y décimas que mi madre solía repetir completas cuando estaba de buen humor y nos hallábamos a la orilla del brasero. Añádanse a aquello los sueños truncados de mi padre y se tendrá una síntesis de los poderes que luchaban en mí.

Mi bisabuelo tuvo de su primer matrimonio una hija, Amelia, madre de mi tío Antonio. De la segunda unión, ocurrida a los cuarenta y un años —su primera mujer había muerto cuando él contaba veinticinco—, le nacieron Demofila y María Jesús, mi abuela materna. Entre mi madre y Antonio había diecisiete años de diferencia; pero este se veía más joven, y sólo por sus cabellos grises habría podido husmearse su edad, y aun se habrían quedado cortos los calculadores tomando en cuenta tal detalle.

En mi tío floreció una cosa que faltaba a todos los demás miembros de mi familia: el empuje, la decisión de triunfar. Pasando por encima de su herencia campesina, o quizás apoyándose en ella, enfrentó los negocios, y no parecía sino que hubiese nacido para ello. En diez años de lucha había pasado de almacenero humilde a propietario de una fábrica de fideos. Pero esto fue solo el segundo peldaño. Más tarde vinieron otros y otros. Por aquella época era uno de los hombres más ricos del pueblo.

Pero a quien se ha labrado su riqueza con lucha y privaciones le falta comprensión para la miseria ajena. No entiende que a los demás los pueda vencer el destino. Más aún: para ellos no existe el destino en forma de potencia adversa, sino como un instrumento que facilita la tarea de quien sabe emplearlo.

Nada de extraño tenía entonces que mi tío hubiese olvidado a sus parientes. Había en él una clara incapacidad para detenerse en cosas que no tuvieran un fin práctico. A mí me tomó bajo su tutela por dos razones principales: mi inteligencia podría ser aprovechada de manera inmediata como apoyo para su hijo Leandro, que cursaba por ese tiempo quinto año de preparatorias y que "no daba fuego en los estudios", según confesión suya; y, luego, en un proyecto más vasto: quería hacer de mí un profesional, pero no un profesional cualquiera, sino un ingeniero agrónomo para ocuparme en las tierras en que pensaba invertir las ganancias de sus industrias. Mi tío era también un soñador a su manera.

Aquella mañana, cuando Estela y yo llegamos a su oficina, él estaba ocupadísimo en discutir con su administrador los precios del trigo, las anotaciones de un libro de deudores, los papeles que tenía bajo su mano. El empleado no hablaba nada. Toda su actividad quedaba restringida a vagos gestos inconclusos que no podía materializar en palabras, porque los argumentos precisos del otro tapaban todas las objeciones. Después supe, amargamente, que contra su autoridad y sus ideas no valían argucias.

Cuando ya tuvo el asunto arreglado, se levantó dando a entender a su administrador que nada más tenía que tratar con él. Este cogió su sombrero y se fue calladito. Entonces mi tío se volvió hacia nosotros, que habíamos presenciado la escena sentados en un sofá de tapiz raído, y despachó también lo mío en unos minutos.

—Bien. Ya le he hablado al hermano director del Instituto para que te admitan en la cuarta preparatoria. Recuerda que voy a pagar tus estudios y que no debes perder el tiempo. En las tardes le ayudarás a Leandro en sus tareas.

—¡Pero, tío! —arguyó mi hermana, con cierta estupefacción—. El Instituto Marista es un colegio para niños ricos. Fíjese que Roberto no tiene siquiera qué ponerse.

—Bueno, se le compra un traje. No muy caro: con un remito de brin, si lo mantiene limpio, se verá bien.

—¿Y zapatos? Mire cómo los tiene.

—¡Vaya! También zapatos... Pero no hay necesidad de comprárselos. Leandro tiene un par que ya no usa. Pasarás ahora mismo a buscarlos.

Se sentó al escritorio y en seguida nos alargó dos órdenes: una para la tienda y otra para que nos entregasen los zapatos en su casa. Después sacó su reloj y nos despidió apresuradamente.

Aquellos zapatos de Leandro son el recuerdo más infame de mi vida. Eran unos botines un poco torcidos hacia adentro —yo los gastaba hacia afuera— que me oprimían los pies como un torniquete. La esposa de mi tío me obligó a ponérmelos allí mismo y los halló de primera. En la cuadra inicial de nuestro camino a la tienda, la cosa iba más o menos bien. Pero mis pies comenzaron a crecer o los zapatos a encogerse. El hecho es que hubo un instante en que dar un paso más me pareció cosa imposible. Entonces me senté en el filo de una acera y renuncié a proseguir. Por desgracia, mi generosa donante había tirado al tacho de la basura mis antiguos y holgados botines. Hube de caminar con aquellas dos fieras en la mano, y aun así me inspiraban terror.

Salí de la tienda convertido en un señor, con mi flamante... y soporté todavía una cuadra más. Entonces declaré mi derrota. No podía seguir caminando.

Estela se valió de mil argucias para hacerme franquear los doscientos metros que nos faltaban. Juro que aquella empresa mía fue más heroica que la de D'Artagnan al traer los herretes de diamantes.

Cuando mi hermana me anunció que habíamos llegado, yo tiré mi atención hacia arriba para olvidar mis pies, y me encontré frente a una puerta muy alta, con una mampara de vidrios coloreados como los de una iglesia. Encima de esta mampara surgía una cruz oscura con un medallón de plata en el medio. Adentro se escuchaba la garrulería de un surtidor.

Al sonido de la campanilla, vino a abrirnos un frailuco esmirriado, pálido, de ojos grises como agua sobre arena. Mis miradas cayeron sobre la pecherilla almidonada, en forma de babero que le surgía del negro cuello de la sotana. Después, los ojos se me fueron hacia adentro, hacia el patio con limoneros y crisantemos en que trinaba el surtidor. A través de las ramas podían verse fragmentos de pinturas al óleo en las murallas de los corredores penumbrosos. Y todo aquello me infundió un solemne respeto, como si me hallara en la entrada de un templo.

Tras un rato de espera en un salón alfombrado, con grandes cuadros en las paredes y sillas en cuya superficie rebotaba la luz, acudió el director del colegio, un gordo ensotanado que miraba con tranquilos y firmes ojos a través de sus lentes pulidísimos. Las formalidades de mi ingreso me parecieron interminables. Hube de leer en voz alta en un libro de cantos dorados, frente a un hermano asmático y calvo que me oía con inmovilidad de imagen sagrada. Luego debí llenar una plana de escritura, y hasta aquí todo marchó sin tropezones; pero al pasar a la aritmética se me presentó el obstáculo insalvable. Yo no sabía nada de números, absolutamente nada, y esto hizo que los frailes se mirasen perplejos.

—Puede quedar en cuarta preparatoria... —insinuó el calvo, pronto a ceder si el superior decía lo contrario.

Este aprobó, tras pensarlo un momento, y entonces comenzó un largo interrogatorio para llenar los formularios del caso.

Cuando salimos a la calle, los zapatos volvieron a morderme los pies.

$$V$$

Durante la noche yo había dormido poco, a sobresaltos, temiendo a cada instante hallar al día mirándome por las rendijas de la puerta. En la mañana me cogió un sueño pesado, de cuyas profundidades vino a sacarme el llamado insistente de mi madre que me sacudía por un hombro. En el cuarto había un incitante olor de café, y mi hermana mayor se movía de acá para allá, prendiéndose un pinche en el pelo, alisándose la bata, poniendo la tapa sesgada sobre la tetera que hervía. Tuve la sensación de que estaba preparándose para un viaje.

Era agradable permanecer en la cama junto a la agitación que reinaba en torno mío. Pero no me dejaron estar mucho tiempo entre las sábanas tibiecitas. Pronto hube de inclinarme para coger mis calcetines, apremiado por los rezongos de las dos mujeres que se desesperaban ante mi calma.

Lo demás fue sumamente rápido. Me lavé con presteza, sufrí la revisión detenida de orejas y cuello, y antes de ponerme la blusa ya estaba sentado frente a la taza de café humeante y al trozo de pan que me pareció más grande que de costumbre. Mi hermana se bebía su desayuno de pie, y de todo su cuerpo emanaba una sensación de fresca limpieza.

Me puse bajo el brazo los libros y los cuadernos que me mandara dejar mi tío la noche anterior, y echamos a caminar por las aceras, rumbo al colegio. Mi madre, desde la puerta, nos miraba alejarnos, satisfecha.

Durante el trayecto, Estela no dejaba de aconsejarme. Que me portara bien, que fuera respetuoso con mis profesores, que procurase hacerme de buenos amigos. Yo casi no la oía, preocupado del inquietante acontecimiento, y a medida que nos acercábamos al edificio del colegio marista, sentía sobre la carne de mi pecho un cosquilleo de intranquilidad. Iba a enfrentarme a un mundo totalmente nuevo e ignoraba cómo me acogería ese mundo.

Me hallé sin saber cómo —tal vez demasiado pronto— ante el director. Estábamos ahora en uno de los corredores que orillaban el patio y frente a mis ojos se agitaba un enjambre de rostros, piernas y brazos en incesante movimiento. Tres muchachos galgueaban tras otro que se escabullía por entre sus compañeros, burlándose. Más allá había un grupo que llenaba el ambiente con sus carcajadas escandalosas. En un ángulo, un rubio pecoso de nariz agresiva, lanzaba diestramente al aire cuatro guijarros pulidos y los iba recibiendo con una destreza que agrandaba los ojos de unos cuantos mocosos que lo rodeaban.

El director me puso su gorda y pesada mano sobre la cabeza y habló con Estela unas palabras que no pude captar. Después miré alejarse a mi hermana y sentí un irresistible impulso de salir escapando tras ella. Pero el director me señalaba el patio y con su duro acento español me impelía a mezclarme al remolino, que se agitaba no lejos de nosotros.

—¡Hala! Ahora a correr. Cuando suene la campana te pones en la fila que se formará frente a ese pilar.

Bajé al patio con desconfianza, sin saber adónde dirigir mis pasos. Me sentía extrañamente trabado. Frente a mí pasaban sin mirarme algunos muchachos vociferantes y yo pensaba que de un momento a otro me iban a estrellar. Buscaba entre todos, con ansiedad, a los que habrían de ser mis compañeros de curso. ¿Hallaría entre ellos un amigo que me guiara en aquella especie de laberinto aturdidor? Estaba en esto, cuando se me allegó un caballerito de tez rosada, ojos de un verde duro y boca burlona.

—¿Tú eres el nuevo?, me preguntó de sopetón.

Moví la cabeza, asintiendo.

—¿En qué colegio estabas antes?, prosiguió mientras detallaba sin pizca de recato mi indumentaria.

—En ninguno...

Sonrió con superioridad y detuvo con un gesto a dos muchachos de su edad que pasaban corriendo.

—Oigan, este es el nuevo, les dijo, y me pareció notar en su tono un matiz de burlona inteligencia.

Se me acercaron los otros como si yo constituyera un raro espectáculo. Y me vi asaeteado de preguntas que no atinaba a responder.

—¿Sabes jugar a la pelota?

—¿Cómo te llamas?

—¿Eres bueno para los chopazos?

Hablaban con una corrección que me parecía afectada, sin dejarme atrapar las palabras con que debía de responderles.

Los niños poseen un innato sentido de la crueldad y parece que buscaran con encarnizamiento la manera de ejercitarlo. Uno de los muchachos dio en el clavo.

—¿Te matricularon en la sexta?, me interrogó.

—No, en la cuarta..., pude explicar.

—¡Ándate el tonto grande!, exclamó el caballerito de la tez sonrosada. Y los otros, de inmediato, comenzaron a burlarse del atraso inconcebible con que iba a quedar respecto a ellos.

Por suerte, la campana vino a sacarme del atolladero. Se marcharon no sin antes haberme lanzado unas cuantas pullas hirientes y certeras.

Me fui a formar con una sensación inexpresable de vergüenza y disgusto. "¡Maricas!", exclamé con rencor, y por un momento se me ocurrió correr tras uno de ellos y romperle las narices de una guantada.

Yo era el más alto de mi curso y el de más edad. Hube, pues, de ocupar el último puesto de la fila, y ya en la sala se me ubicó en el banco final de la hilera izquierda. A mi lado se sentaba un morenito de cejas revueltas que me miraba de soslayo, como con disgusto. A cada instante arrugaba el labio superior y el gesto le movía la nariz redondeada, como si algo le molestara en una de las ventanillas.

Pasó un rato antes de que nos mirásemos frente a frente. Y, ya roto el hielo, la locuacidad del muchacho se desbordó, incontenible. Me hablaba de su caja de lápices con doce colores diferentes, de una honda con elásticos rojos que se veía en un ángulo de su pupitre y de mil otras cosas que me mareaban.

El profesor era un fraile delgado, de grandes ojos y labios como trazados con navaja. Se quedaba mirando fijamente a cualquiera, mientras hablaba, y se iba aproximando hacia otro que no atendía, sin delatar sus intenciones. Una palmada en la cabeza hacía enmudecer al locuaz que ya no volvía a chistar. Era un golpe seco y preciso que restallaba en el silencio del recinto igual que un "guatapique". Así fue cómo cortó en seco la charla de mi compañero, cuando este comenzaba el relato de una reciente excursión al río. En seguida me amenazó a mí con el dedo:

—Y tú, ten presente que aquí se viene a callar.

—Sí, señor, respondí balbuceando.

Un coro de carcajadas acogió mis palabras.

El profesor, que ya se marchaba con las manos a la espalda, tomó hacia mí su rostro y había en sus ojos como una amenaza.

—¿No sabes cómo debes tratarme?, preguntó.

—No... no, señor, volví a tartamudear.

De nuevo se rieron todos, sin que yo supiera por qué.

—¡Hermano se me dice!, gritó casi el fraile, acercando hacia mí su rostro y echándome el aliento en la frente.

Yo debía tener un gesto tan estúpido, que mis compañeros no podían contener la hilaridad. El hermano repartió dos o tres coscachos y prosiguió explicando un trozo de la historia sagrada: aquel en que Jonás es engullido por una ballena, de cuyo vientre retorna sano y salvo por milagro divino.

Durante el primer recreo, los muchachos aprovecharon para burlarse de mi ignorancia. Me rodearon señalándome con el dedo y gritando: "¡Señor, señor, señor!", hasta aturdirme. Yo, rojo en medio de todos, procuraba evadirme; pero a cada instante crecía el coro y las burlas arreciaban. Hasta vinieron de otros cursos para sumarse al griterío de los más pequeños. Sofocado, impotente, a punto de llorar, busqué alguien en quien desahogar mi rabia. El más insistente de todos era un pequeño de pelo rubio y orejas separadas del cráneo que junto con vociferar me lanzaba frecuentes puntapiés que no siempre podía yo esquivar. Lo cogí por el cuello de la blusa, y el pequeño demonio, sin transición ninguna, se puso a gritar y a llorar como si lo estuvieran matando. En ese instante, hendiendo el grupo como una proa, emergió nuestro profesor.

—¡Suelta a ese chico!, clamó dirigiéndose con gesto agresivo hacia mí.

Me habría pegado de no mediar la intervención de un correctísimo caballerito, que se encaró con el fraile.

—Estos niños lo estaban molestando, hermano, dijo con tono firme y tranquilo.

El profesor obligó a retirarse a mis agresores, dispersándolos como quien espanta gallinas. Me quedé solo con aquel muchachito que de modo tan oportuno había aclarado las cosas.

—Me llamo Edilberto —dijo él con finura de hombre de mundo—
y deseo ser tu amigo.

Sentí mi pecho henchido de gratitud emocionada y me aferré de mi
improvisado salvador como si fuese un madero que me librara de ahogarme.

Edilberto se sentaba en el banco que yo tenía delante y en aquel
primer día me apoyó con desinteresada solicitud, enseñándome cómo debía coger la pluma para no manchar la plana de caligrafía y de qué manera
había que disponer los números en el cuaderno de aritmética. Se constitu-
yó en mi mentor, pero sin abandonar cierta altivez digna que constituía la
base de su personalidad. Pidió permiso al hermano para cambiar su puesto
con mi compañero y le fue concedida la autorización. Edilberto sabía
plantear sus cosas con decisión y seguridad.

Fueron pasando los días y ya todo se me hizo familiar. Vencida mi
timidez de niño pobre, me sentí igual a mis compañeros y pronto empecé
a comprender que los superaba con facilidad en casi rodos los ramos, in-
clusive en aritmética, que era mi lado débil.

Edilberto era un alumno mediocre, y, sin embargo, sacaba exce-
lentes notas. Al cabo de un mes, era yo el consultado en problemas y lec-
ciones. Copiaba los resultados de mis sumas como quien hace uso de un
derecho, y en ningún instante daba la impresión de estar pidiendo favores.
Uno sentía gratitud en servirlo, como si él dispensara una gracia con acep-
tar una ayuda.

Mis zapatos habían acabado por domeñarse y ya podía correr a mis
anchas por el vasto patio que tanto miedo me inspirara al comienzo. En
"banderas" y "barras" y "veinte cortados" era yo insuperable y cada grupo
quería tenerme por aliado. Un retaco de apellido Romero era el jefe del
bando contrario y siempre nos tocaba "chucearnos" para escoger compañeros. Entonces todos me ofrecían algo para sobornarme: unos un sacapun-
tas, otros unas bolitas de cristal, los de más allá un caramelo. No obstante,
yo elegía siempre en primer término a Edilberto, a pesar de ser un pésimo
corredor. Muchas veces perdimos el juego por culpa suya; pero yo me sentía contento de demostrarle mi aprecio de aquella manera.

Mi trajecito de brin comenzó a envejecer de manera osten-
sible. Primero fueron unas arrugas renaces, luego una mancha, despúes
un agujero. Mi madre, pacientemente, lo zurcía y limpiaba; pero al cabo la
ropa y yo pudimos más que ella. A mediados de año, mis pantalones tenían
parches en las asentaderas y las mangas de mi blusa estaban deshilachadas
en los extremos y rotas en los codos.

Un día, el hermano Antonio —así se llamaba nuestro profesor— me puso a un lado mientras pasaba la revista de aseo. Cuando hubo inspeccionado al último, ordenó a mis compañeros que se sentasen y bajó del pupitre. Vino a mí con el puntero a la espalda y me ordenó que levantara los brazos. Cuando hube cumplido la orden, me introdujo la punta del puntero por entre las hilachas del codo y me cosquilleó el sobaco.

—Miren, miren a este, dijo con el más festivo de sus tonos. Y luego, a mí: Hijo, pues si ya vas pareciendo un colador con tanto agujero. Vuélvete.

Comprendí que deseaba exhibir ante la sala los parches de mis pantalones y me atraqué a la muralla.

—Vuélvete, repitió sin alzar la voz, pero dando a su orden una firmeza amenazante. Me prometí interiormente no someterme a la humillación aunque me matara a golpes. Entonces me cogió por los hombros, y, a pesar de mis pataleos, me presentó de espaldas a mis compañeros.

—Vean a este arrapiezo que parece escapado de algún basural.

Mis compañeros reían golpeando los pupitres con los puños.

Cuando juzgó que ya era bastante espectáculo, el hermano Antonio me soltó para decirme:

—¿Qué clase de madre tienes que no se ocupa de ti? Vas a decirle que eres alumno del Instituto Marista, ¿entiendes?, y que al Instituto se viene como persona decente y no como un gandul cualquiera. ¡Hala, a tu puesto y que te sirva de lección!

Yo fui a sentarme y por entre las manos unidas con que cubría mis lágrimas y mi vergüenza lo escuché comenzar la clase:

—Hablaremos hoy día de las virtudes teologales...

Al relatarle yo lo acontecido, mi madre abatió la cabeza y se puso a revolver los carbones del brasero. Estuvo largo rato sin decirme nada, como si no me hubiera escuchado; pero de pronto la vi erguirse y pocos momentos después estaba arreglándose los cabellos frente al espejo. Había en sus pupilas una rencorosa decisión que no quería convertirse en palabra. Se movía mirando las paredes, sin detener en mí su atención, como si graves problemas la torturasen. Cuando entró Estela, de vuelta de su trabajo, ella tenía puesto su chal de lana sobre las espaldas encorvadas.

—¿Vas a salir, mamá?, le preguntó mi hermana con notoria extrañeza en la voz.

—Sí —replicó mi madre simplemente—. Voy donde Antonio.

—¿Ha sucedido algo?

—Hay que comprarle un traje nuevo a Roberto.

—Pero si dijo que no podía hasta fin de mes. Las dos veces que me mandaste contestó lo mismo.

—Este niño no puede seguir yendo a la escuela en esta forma.

Mi hermana se encogió de hombros y mi madre me hizo un gesto de que la siguiera.

Yo salía muy rara vez con ella, de modo que su invitación me llenó de una especie de orgullo jubiloso. Empezamos a caminar por las calles que el atardecer envolvía en una red finísima, embelleciéndolas. Yo miraba asomar las estrellas con emoción callada, y sentía un deseo de conversar tranquilamente con mi madre y de prometerle que cuando fuera grande pagaría todos sus sacrificios. Oía el arrastrarse de sus zapatos deformes sobre las piedras y aquello me dolía, pues yo hubiera querido que ella fuera bien vestida, como la mayoría de las madres de mis compañeros.

Estuve muy cerca de ella en este trayecto hasta la casa de mi tío Antonio. Pero no hablamos casi. Había entre nosotros una especie de comunión que nos hacía comprendernos sin palabras.

La oficina estaba ya cerrada y hubimos de alcanzar hasta el domicilio de mi tío. Allí nos abrió una empleadita ágil, limpia, imperativa, que nos recibió como si fuésemos un par de vagabundos, negándose a llevar el mensaje que le dio mi madre.

—Don Antonio está descansando y no recibe a nadie en su casa —dijo, y su mano quiso cerrar la mampara de cristales—. Vayan mañana a la oficina, añadió como si nos hiciera un favor.

Afortunadamente, pasó en ese momento por el vestíbulo la esposa de mi tío y me reconoció. Se acercó hasta la puerta, pero sin invitarnos a entrar.

—Buenas tardes. ¿Qué desean?

Con un gesto había ordenado a la sirvienta que se marchase y erguía allí frente a nosotros su alta y majestuosa silueta.

—Deseo hablar con Antonio, expresó mi madre con tono igualmente frío y digno.

—El pobre llegó muy cansado de su trabajo y no está de muy buen genio, advirtió la esposa sin apartarse de la puerta.

—En todo caso quiero que hablemos.

—Pasen.

Después de una espera de un cuarto de hora en el vestíbulo, apareció mi tío. Noté que se esforzaba por disimular su contrariedad. Dio la mano a mi madre y la invitó de inmediato a que expusiera el motivo de su visita, como si temiera prolongar la entrevista. Al enterarse del objeto de ella, me miró a mí, torció la mirada hacia la punta de sus zapatos relucientes y expresó:

—Mis negocios andan mal y para mayor fatalidad tengo un pleito encima por incumplimiento de contrato. No lo creerás, pero he tenido que reducir hasta los gastos de mi casa.

—Eso quiere decir que no puedes darle un nuevo traje a Roberto, comentó decididamente mi madre levantándose.

Mi tío encendió un cigarrillo y apagando el fósforo con un soplido mezclado de humo, agregó:

—Mi educación, como tú sabes, fue muy difícil. A veces tuve que ir al colegio con los zapatos de mi madre. Por supuesto que los muchachos se burlaban de mí; pero las bromas pasan y lo importante es que se aproveche la educación.

—Pero tú estudiabas en una escuela pública y allí no había profesores que te metieran el puntero por las roturas del traje y te avergonzaran delante de toda la clase. Fuiste tú el que decidió poner a Roberto en el Instituto. Yo sabía que esto tendría que suceder.

—Por supuesto, tú crees que lo hago por avaricia, como de costumbre. Siempre se figuran los otros que un hombre rico dispone en cualquier momento de dinero. Te juro que a veces yo quisiera cambiar mi situación por la de cualquier empleado que tiene su sueldo seguro.

Continuaron por largo rato sus quejas que mi madre escuchó con visibles muestras de impaciencia y con una indignación callada que la hizo exclamar por fin:

—Está bien, Antonio. Lamento haber venido a molestarte.

El tío era de esos hombres que solo entienden el lenguaje de la súplica y de seguro le resultaba inconcebible la actitud de mi madre que no se doblegaba para pedir. Habituado al halago, se dejaba primero incensar largamente y luego concedía el favor como una merced divina.

Aquella fue una de las pocas veces que debió resignarse a otorgar una cosa sin el tributo obligado. Lo hizo rencorosamente, con un despecho que procuraba dominar, pero que era más fuerte que su voluntad. Al extender la orden para que me entregaran un nuevo traje, rompió el papel con la pluma y me lo alargó a mí, sin mirar a mi madre. Pero esta, como si el disgusto de mi tío no la rozara, le hizo ver que yo necesitaba un nuevo par de zapatos.

—Y que no sean los de tu hijo, porque a Roberto le quedan estrechos. Recuerda que este muchacho se ha criado sin ellos y, naturalmente, le han crecido mucho los pies.

Mi tío, por toda respuesta, garabateó un nuevo papel y me lo puso en la mano.

—Desde mañana le ayudarás a Leandro en sus tareas —me advirtió—. Te espero después del colegio. Tomarás once aquí.

Mi madre caminaba ya hacia la puerta.

VI

Estuve un día sin ir a clases, pero a la mañana siguiente me presenté con mi traje flamante y mis zapatos nuevos. Aguardé casi con ansiedad el momento en que el hermano Antonio nos pasara revista de aseo. Por fin me tocó el turno y me hallé frente a sus ojos que me miraron con vivas muestras de satisfacción, como si fuese él quien me había comprado la ropa.

—¿Ves como todo puede arreglarse con un poco de voluntad? —me dijo—. Así estás bien, así pareces un alumno del Instituto. Estuve a punto de darle una patada en las canillas por estúpido.

La vejación que había sufrido me hizo más cauto y desconfiado. Comprendí que mis compañeros apreciaban más la indumentaria que la inteligencia y me formé de ellos un triste y doloroso concepto. El propio Edilberto se había mostrado frío conmigo aquel día de amargo recuerdo. Ahora me acogía de nuevo con la más amable de sus sonrisas, pero yo no podía perdonárselo y en el primer recreo lo dejé con el gesto de esperanza en los labios, pues elegí para mi bando a los más mal vestidos del curso. El retaco sufrió aquella vez la más afrentosa de las derrotas y yo me fui satisfecho a formar, seguido fielmente por mis compañeros.

Edilberto no me dirigió la palabra en el resto del día, pero yo me complacía en exasperarlo cambiando guiños de complicidad con mis nuevos aliados.

Al fin de la semana se nos comunicó que el hermano director tomaría a su cargo desde el lunes siguiente la preparatoria de los que harían su primera comunión para el mes de septiembre. Estábamos en la segunda quincena de agosto.

La última hora de clases fue destinada a ello. Éramos unos cuarenta en total, niños de ocho a doce años, y formábamos fila aparte después del segundo recreo. Entonces nos tomaba a su cargo el hermano Cornelio, director del colegio.

Nos conducía a la capilla, donde se destacaba una imagen de la Virgen María entre flores y aroma de incienso. En los bancos pulidos nos ubicábamos todos, y las manos, el pelo o los trajes de mis compañeros adquirían extrañas tonalidades bajo la policromía de luces que caía desde los vitrales.

La capilla lindaba con el huerto y desde allí nos llegaba, aturdidora, una confusión de trinos o el canto desafinado del viejo Melchor, que cuidaba las hortalizas.

En el colegio se rezaba mucho: al entrar en la mañana y en la tarde, después de cada recreo y al concluir las clases, en que nos tocaba por turno hacer cabeza en el rosario. Además, era obligación concurrir a misa todos los domingos y después del oficio se nos daban las notas semanales, unos cartoncitos de color amarillo, azul o verde, según nuestra calificación correspondiera a "distinguido", "bueno" o "regular". Había también un cuarto color, el marrón sucio, que significaba "malo", pero este rara vez se veía, pues solamente los réprobos o los incorregibles lo ostentaban como un baldón entre sus manos. Aparte de todo esto, era preciso comulgar los viernes primeros de cada mes y entonces teníamos asueto.

La religión, desde el comienzo, influyó en mi alma de modo tiránico y pavoroso. Hasta entonces yo no sabía que existiese un infierno tan terrible para castigar a los malvados; pero a través de las palabras de mi profesor y, sobre todo, a través de los relatos espeluznantes del hermano Cornelio, lo fui conociendo. Era una cosa horrible que nos hacía temblar allí en el recinto de la capilla, produciendo escalofríos en el cuerpo de los más impresionables. En el infierno había calderas con aceite hirviendo cuyo gluglutear escuchábamos en las palabras del director. Más allá giraban sierras de agudos dientes que iban cortando la carne por pulgadas, una y otra vez, por toda la eternidad. Los cuerpos se retorcían y se tostaban en un fuego que tenía la virtud de quemar sin destruir. Las lenguas eran destrozadas por agudas horquillas que las dejaban convertidas en flecos espantables. Los ojos, las manos, las partes más sensibles del ser eran hendidas sin piedad por mil instrumentos concebidos por una imaginación diabólica para producir mayor sufrimiento.

La cara del Hermano Cornelio, mientras corporizaba aquellos espantos, era una máscara sudorosa y jadeante que nos entregaba por anticipado la imagen del Demonio. Sabía llevarnos hasta los límites extremos del terror, como si hubiera recibido de Dios el encargo de advertirnos adónde nos podía conducir nuestra flaqueza carnal. Y lo tremendo era que al infierno se llegaba por cosas que hasta entonces a mí me habían parecido exentas de maldad. Todo era pecado mortal, todo tenía un castigo precioso e inacabable.

Yo salía de allí deshecho, con ansias de lavar mi alma de todos los delitos cometidos, y rezaba en mi casa, en la sala, en las calles, con un desesperado fervor. "¡Que no me muera sin haberme confesado!", clamaba mi alma sedienta de luz y de perdón. Y aguardaba con una febril intranquilidad el instante en que la mano sacrosanta del sacerdote hiciera sobre mi cabeza la señal liberadora de la absolución.

Al contemplar mi vida pasada, mis amistades, mis andanzas por el lenocinio, sentía que era indigno de perdón y que el cura, al oírme, se espantaría como si se hallara frente a un monstruo. Eso era yo, un monstruo, una basura, un inmundo reptil, como decía el padre Cornelio con su lenguaje tronante.

Hasta ese momento, yo había creído que solamente los actos eran pecados. El bondadoso director se encargó de disipar tan funesta ilusión. También eran faltas gravísimas los malos pensamientos y de todos ellos deberíamos responder ante el Juez que nada perdona y a quien nadie puede sobornar.

Los textos sagrados, que hasta entonces yo había mirado como simples historias, se me aparecieron bajo una luz distinta, y en todos ellos buscaba el castigo que Dios imponía a los malvados. Todo eso me hacía ver que el Señor había sido inmensamente misericordioso conmigo al no mandar un rayo que me fulminara. Agradecía desde lo más hondo de mi alma a mi Ángel de la Guarda que me había llevado hasta aquel colegio en donde se me dio a conocer la verdad.

Cuando llegó el día de la confesión, era yo sin duda el más arrepentido, devoto y humilde de los penitentes que aguardaban turno para descargar su conciencia. El cura párroco de la ciudad, un varón alto, huesoso y pálido, sentado en una silla tapizada y severa, recibía, allí, en un ángulo de la capilla, las confesiones a rostro descubierto. Era preciso arrodillarse a su lado e ir sacando sin piedad toda la podredumbre que anidaba en los pechos. Yo temblaba como un reo en capilla, paseándome a lo largo del corredor que daba al jardín. En el medio trinaba una fuente; arriba, en los limoneros, cantaban los pájaros, y el cielo era puro y azul. Mas yo no podía captar esta belleza porque mi alma la opacaba como un cristal empañado.

A lo largo del corredor había cuadros al óleo pintados directamente sobre las paredes, representando paisajes risueños —riachuelos con árboles por las orillas, una casita oculta entre el follaje, un montecillo redondeado en que triscaban unas cabras—, pero nada de ello llamaba mi atención. Me torturaba las manos, pedía fuerzas al Señor para no morir antes de que llegara mi turno, daba vueltas a todas las oraciones que había logrado aprisionar mi mente.

Al fin me llamaron.

Entré aplastado por mi indignidad, esquivando los ojos del sacerdote, que seguía mi trayecto con una lumbre cordial en su fondo oscuro. Y caí de rodillas, con un sollozo inmenso en mi garganta. La mano del fraile, posándose sobre mi nuca, me tranquilizó un tanto; pero temblaba, temblaba como la última hoja de un árbol en otoño.

Tengo la sensación de que abulté mis faltas, de que las recargué con tonos oscuros, de que puse en ellas una intención que jamás se me ocurrió al cometerlas. Tengo presentes unas palabras del ministro de Dios: "Hijo mío, ¿no se te olvida nada? ¿No has hecho con tus amigos eso que hacen los perros por las calles?". No, no había llegado a tanto mi bajeza, y sentí casi alegría al pensar que existían abominaciones peores que las cometidas por mí.

Cuando me dieron la penitencia —rezar no sé cuántos credos en un rincón— me sentí casi defraudado. ¿Solo aquello, solo aquello pedía el Señor a cambio de tantas ofensas como le había inferido? Cuando la mano consagrada hizo la cruz encima de mi testa abatida, yo experimenté la sensación de quien mira caer a los pies las cadenas que lo aherrojaban.

Al pasar otra vez por el corredor, la alegría conducía mis pasos. Me detuve a mirar los cuadros de las murallas, y el agua de pintura fue agua de verdad, los árboles mecieron sus hojas, las cabras piruetearon por aquel montecillo pelado y suave...

En el patio abracé a Edilberto, pidiéndole perdón por haberlo herido.

La primera comunión fue un acontecimiento que me tuvo largo tiempo embriagado. Luego de recibir la Santa Forma allí en el templo mayor de la ciudad, engalanado como para unos esponsales, fui a dejarme caer en mi banco, atento solo a mi interior en donde el cuerpo de Cristo estaba presente. Sentí una santa indignación al ver que algunos de los alumnos conversaban o reían después de haber comulgado. Concluido el misterio solemne, yo hubiera deseado recogerme a la intimidad de una celda para rezar y agradecer a Dios su inmensa misericordia. Pero no todos sentían lo mismo y esto se me hacía dolor en el corazón. Por un momento tuve miedo de cometer pecado de soberbia y me desentendí de los demás. Por fin se terminó la misa, tras un sermón inspiradísimo del sacerdote, y nos llevaron de nuevo al colegio, en donde habían preparado un espumoso chocolate. De nuevo pude comprobar allí que algunos de mis compañeros incurrían en pecado de gula comiendo sin tasa, de modo casi grosero. Deseaba alejarme pronto de ellos, pero hube de quedarme todavía para que nos sacasen un retrato que sería colocado después en el salón de honor.

Anduve todo ese día y el siguiente sin levantar casi los ojos del suelo para conservar en mi cuerpo aquella gracia que me iluminaba entero. Hasta prescindí de mis juegos y de mis lecturas por respeto al Señor que moraba en mí. Temía expulsar al huésped con cualquier acción indigna.

Pero aconteció lo fatal.

El día sábado —la comunión había sido el jueves— retornaba yo del colegio ya más familiarizado con mis sentimientos, cuando emergieron bruscamente desde detrás de una esquina mis tres amigos de antaño: el Tululo, el Chucurro y el Saucino. Sentí como un golpe en el pecho al divisarlos frente a mí con aire de socarrona agresividad.

—¿No te decía yo que ahora el "chute" no conoce a los pobres?

—¡Claro, si está con los maricas del Instituto!

—Terno nuevo, zapatos nuevos... "Chatre", el niñazo, ¿ah?

Sus voces se mezclaban haciéndose cada vez más amenazantes. Quise esquivarlos pasándome a la otra acera, pero no me valió el subterfugio. Antes de que pudiera darme cuenta, ya me tenían atracado contra un portón y me llenaban de insultos. Una palmada en la cara me hizo arder la sangre y ya no pude contenerme. Me volví un remolino de pies y puños que golpeaban a aquellos demonios. Naturalmente, lograron dominarme. Me ardieron las orejas, sentí que se me cerraba un ojo, mi hombro pareció descuajarse, mis costillas retumbaron secamente bajo sus puños. Todo mi viejo vocabulario de arrabal se vació sobre Dios; mordí un brazo, arañé una cara, golpeé un estómago con mi rodilla y no caí sino después de haber hendido un muslo de una patada.

Me dejaron hecho una basura, desgarrada la ropa, la cara imposible de machucones. Y, como último vejamen, el Chucurro me lanzó desde lejos una naranja podrida que vino a estallar en mi frente.

Permanecí en el suelo sin mirarlos, queriendo morirme, deseando desaparecer para siempre de la tierra. No me dolían los golpes ni la afrenta; nada de eso, nada de eso tenía importancia, y, sin embargo, algo lloraba desesperadamente en mi corazón.

Había perdido a Dios.

El suceso me hizo faltar tres días a clase, y durante ellos mi faz se arregló un poco y mi madre reparó las desgarraduras de mi traje. Lo hizo todo con tal amor y devoción que casi no se notaba el refuerzo del cuello ni las zurciduras de la manga derecha.

—Recuerda, Roberto, que esta ropa debe durarte hasta el fin de año, me advirtió el miércoles por la mañana al despacharme a la escuela.

Pero, ya perdido a Dios, nada hice por aislarme de los juegos. Tomé parte como antes en barras y banderas y rodé muchas veces sobre el polvo y manché la blusa con jugo de naranja. A las cosas se les pierde el respeto una sola vez. Luego ya no nos preocupamos de ellas.

Mi amistad con Edilberto adquirió un nuevo aspecto. Ya no sentía por él la estimación casi supersticiosa que al principio me inspirara y siempre le exigía alguna compensación antes de dejarlo copiar los resultados de mis problemas. El me daba chocolates o lápices que yo guardaba satisfecho, sin preocuparme demasiado de su ademán de gran señor.

A fines de noviembre, ya los aventajaba a todos sin discusión y el hermano Antonio hubo de concederme a regañadientes el primer puesto, ya que habría sido injusticia demasiado evidente el privarme de él. Sin embargo, debía cuidarme mucho, pues cuando menos lo esperaba sentía una palmada sobre mi cabeza seguida de las palabras sacramentales:

—Cinco puntos malos por hablador.

Mas, cuando esto se repitiera hasta tres veces por semana, en el cómputo final siempre conservaba la delantera.

La última quincena de noviembre la dedicamos a llenar nuestro cuaderno de exámenes que habría de resumir todos los conocimientos adquiridos durante el año. Allí hice yo mis mejores dibujos y ensayé mi más esbelta caligrafía; puse especial atención en que los números quedasen bien alineados y adorné las copias con hermosos recortes en colores sacados de alguna revista o provenientes de calcomanías que le ganaba a Edilberto con mis indicaciones.

Estaba orgulloso de mi obra de arte y la cuidaba como el mejor de mis tesoros. Pero un día, al volver de un recreo, me aguardaba una sorpresa penosísima. Mi flamante cuaderno estaba en el suelo, pisoteado y lleno de tinta. Permanecí un momento mirándolo, sin comprender, y luego mis ojos recorrieron la sala buscando al autor de tamaño sacrilegio. Desde la fila del otro lado me espiaban, emboscados, los ojos del retaco Romero que, al notar mi desconcierto, se puso a mirar el mapa de la América del

Sur que colgaba de la pared. Me dirigí hacia él por entre los muchachos que aún no tomaban asiento y lo cogí de la chaqueta. No sé qué palabras le dije, el hecho es que resonaron en mi cabeza las palmadas rituales del hermano Antonio y me vi ignominiosamente arrastrado fuera de la sala.

—¡Sucio! ¡Puerco! ¡Obsceno!, tronaba jadeante mi profesor, y sus dedos oprimían mi brazo como un torniquete.

Me dejó de rodillas bajo la campana, con la advertencia de que no me moviera de allí si no deseaba ser expulsado del colegio.

En aquel sitio me halló, diez minutos más tarde, el hermano director. Nueva reprimenda, indagaciones, zamarreos. Yo me negué fieramente a revelar el asunto en que la justicia estaba de mi parte. Desesperado ante mi terquedad, me arrastró hasta la sala. Allí ya se había aclarado el motivo de mi indignación y el hermano Antonio sometía al retaco a un interrogatorio que no tenía nada de tal, pues era una sinfonía destemplada de alaridos, mojicones y llantos que ni el diablo entendía.

La culpabilidad de Romero fue probada mediante la huella que había dejado su zapato en una de las páginas de caligrafía. Por otra parte, sus dedos estaban manchados de tinta.

Se nos asignó igual castigo, a mí por maldiciente y testarudo y a él por malos instintos: todos los días castigados hasta las cinco y media, copiando sin tregua unas frases que yo después andaba viendo por todas partes. Lo mismo debía sucederle a mi enemigo.

"No debo ser puerco, no debo ser puerco.

"No romperé cuadernos ajenos...".

Nos cuidaba nuestro profesor; pero quedábamos una media hora solos, pues él se iba a tomar once. El primer día mantuvimos una reserva rencorosa; pero al segundo ya no nos fue posible soportar el silencio.

—Oye, ¿y qué te dio por mancharme el cuaderno?, le pregunté.

Levantó a medias la cabeza y me lanzó una mirada de sesgo.

—No fui yo, me dijo después.

Sus palabras eran absolutamente tranquilas y sinceras. Ni por un momento dudé de su veracidad.

—¿Sabes quién fue?, volví a interrogarlo.

Movió la cabeza y siguió escribiendo. Su gesto me hizo comprender que escudaba a un amigo.

—¿Ruiz?, insistí después de haber trazado un renglón. No contestó, pero vi que no había dado en el clavo.

—¿Briceño?, continué luego de cortar con un guión la palabra debo.

—¡No, cargante! Y había enojo en su voz.

—Hay que ser leso para echarse la culpa por otro.

—Así será, pues.

Sospeché que ocultaba un secreto inasible para mí, pues su seguridad tenía algo de satisfecha suficiencia.

A la salida nos fuimos juntos. Llevábamos hambre y en el despacho de la esquina me convidó a comer galletas. Pagó con un peso y tintinearon varias monedas más en su bolsillo. Más allá, en una frutería, compró plátanos para los dos. Seguimos calle abajo, sin rumbo, entreteniéndonos en patear las cáscaras. En un banco de la plaza nos sentamos.

—¿Quién fue?, volví a preguntarle. Se puso a reír maliciosamente y me interrogó a su vez:

—¿Te gustaron los plátanos?

—Sí, le respondí extrañado.

—¿Y las galletas?

—También. ¿Por qué?

Hurgó en el bolsillo, sin dejar de reír, y me mostró un peso sesenta.

—Esto es lo que me queda.

—¿De qué?, inquirí cada vez más extrañado ante sus manejos.

—De los cinco pesos que me dieron por echarme la culpa...

—¿Quién fue?, dije levantándome y empuñando las manos.

—Callado el loro... —replicó sin perder la serenidad—. ¿Vamos a comer pasteles? Dudé un momento, pero me contagió su picardía y acabé por rendirme.

—Vamos.

Nos encaminamos hacia la dulcería cercana, riendo como locos.

Al día siguiente supe por Edilberto que el autor de la canallada había sido el turnio Guajardo. Fingí no dar ninguna importancia al dato y proseguí rehaciendo mi cuaderno. Al cabo de un momento le pregunté:

—¿Y por qué lo haría?

—Porque tú nunca lo escogías a él.

Moví la cabeza y seguí escribiendo.

—Yo lo convidaba siempre a mi casa —añadió Edilberto—, pero una vez quebró un florero y mi mamá me prohibió que lo llevara más.

—¡Pobre cabro!, dije fingiendo conmiseración.

—¿Quieres ir a mi casa mañana jueves?, me preguntó mi compañero.

—¿A qué?

—A jugar. Y tomamos once juntos.

—¿A qué hora?

—A las tres.

—Bueno.

—Pero me haces el dibujo en esta plana.

—Trae el cuaderno.

Comencé a trazar el contorno de un árbol y noté fijas en mí las pupilas estrábicas de Guajardo, allá en la otra fila.

Espérate no más lo que te va a pasar, pensé para mis adentros.

En el segundo recreo le saqué la historia sagrada y después de partirla en varios trozos la tiré al retrete. Además lancé a la calle, por encima de la tapia, su caja con doce lápices de colores.

Había estado toda la tarde en casa de Edilberto, y ahora, ya en mi pieza, recordaba las cosas que allí había visto.

Cosas en su mayor parte desconocidas para mis ojos habituados a mirar las viviendas del suburbio, en donde la luz parece enferma.

La casa de Edilberto era un mundo luciente, sin una mancha, sin un grano de polvo. Yo sentí de inmediato que allí todo me rechazaba, y hubiera deseado volver a mis calles sucias, a mi casa de paredes manchadas de lluvia. Pero mi compañero se había apoderado de mí como de un objeto. Me empujaba hacia adentro por un pavimento lustroso que yo sentía miedo de pisar.

Me encontré de repente en un saloncito donde había unos divanes grandes y blandos, tan blandos que al sentarse en ellos uno tenía la impresión de estar cayendo hasta el suelo. Quedé en postura ridícula, medio despatarrado, pero tenía miedo de arreglarme por no perder el equilibrio. En la pared del frente había unos cuadros tan claros que parecían ventanas abiertas en la pared. Y a mi derecha quedaba la verdadera ventana, fresca y ancha, directamente abierta al cielo.

Mi compañero se veía más limpio que nunca, con su trajecito azul que hacía resaltar más la blancura de sus manos y de sus rodillas. Estaba frente a mí, riéndose, pero con una risa distinta de la que yo le conocía en el colegio, y la luz de la ventana brillaba en sus dientes y en sus cabellos.

—Estaba pensando que no ibas a venir. ¿Te costó mucho dar con mi casa?

Yo no sabía qué contestarle. Había una diferencia tan grande entre él y yo, que me daba vergüenza tratarlo de tú. Edilberto era un caballerito, con su lazo de seda en el cuello entreabierto de la camisa y su perfume que lo hacía parecer una señorita.

Me costaba creer que este Edilberto fuera el mismo a quien yo corregía sus tareas a cambio de caramelos y calcomanías. Allá en la escuela éramos iguales, tramábamos diabluras en común... Recordé aquella tarde en que echamos una piedrecita de carburo en el tintero de Luis Cornejo y el barullo que se armó después ante el copete de espuma azul que crecía inexplicablemente...

Pero acá las cosas cambiaban. Edilberto sabía que era superior a mí y yo aceptaba mi insignificancia. Mis ojos, solo mis ojos vivían. Vivían para deslumbrarse, para beber claridad. Pensé que en casa de mi compañero, junto con los muebles habían comprado claridad, una claridad nueva, flamante, ignorada por mis pupilas. Y esta luz tan correcta se ensuciaba en mi traje de brin, ajado, roto, con manchas en la parte delantera, con un botón de menos. Sobre la alfombra se veían más viejos mis zapatos plomizos en la punta y en la parte inferior.

Edilberto, sin dejar de hablarme, tiró de un cordón de seda, y allá adentro sonó una campanilla como si fuera un pájaro de plata. Casi en seguida se presentó una mujercita fresca, bajita, con un delantal que encandilaba de blanco.

—Avísale a mamá que ya llegó Roberto.

—Sí, señor.

Y la señorita obedeció con profundo respeto. Edilberto se paró de nuevo frente a mí, con las dos manos en los bolsillos, condescendiente.

—Ya he hablado de ti con mi mamá.

Yo ensayé una sonrisa de satisfacción, con muchas ganas de darle las gracias por este favor.

—Me alegro que hayas venido, porque nos vamos a divertir mucho. Después te mostraré mis juguetes y mis libros, allí en la pieza.

Una señora entró sonriente. Edilberto me dijo que era su madre, pero yo no quería creerlo. Eran tan joven y blanca y elegante que parecía más bien una visita. Yo nunca había visto dientes iguales a los de aquella señora, ni labios de un rojo tan lindo. Y sus manos... Mirándola yo pensé en una gran rosa blanca que había abierto esa mañana en el jardín del colegio.

—Mamá, este es Roberto Lagos.

¿Había que levantarse? Sí, sí, claro. "Siempre hay que ponerse de pie cuando entra una persona mayor", había dicho el hermano Antonio en la clase de urbanidad. Tuve que hacer un movimiento ridículo para zafarme del asiento que sujetaba y absorbía mi cuerpo. También había que decir:

"Mucho gusto, señora", así me lo había advertido mi madre; pero no me salía, no quería salirme y me tragué las palabras con un poco de saliva.

—Muy bien, Roberto —dijo ella—. Ya mi hijo me había contado muchas cosas buenas de ti. Se sientan en el mismo banco, ¿no?

—Sí, señora.

Le pedí ayuda a mi amigo con una mirada lamentable. Yo no sabía conversar y temía decir cosas estúpidas. Habría sido un desastre en presencia de aquella señora que me miraba con ojos tan cordiales.

—Sí, señora. Yo al lado derecho.

¿Estaba bien que hubiera agregado esto? Sí, tal vez sí, porque la señora seguía sonriéndose. En ese momento entró de nuevo la mujercita del delantal de leche. Traía entre las manos una bandeja de metal blanco, casi tan limpia como la luz de la ventana. Y adentro se veían unos pastelillos rosados y blancos y unos dulces.

—Sírvete, Roberto.

No se podía desobedecer esa orden sonriente que casi empujaba la mano. Había que tomar eso. ¿Con los dedos? Naturalmente, con los dedos: así lo hacían las señoras en la confitería de la plaza. Pero mis manos eran torpes. El pastelillo —era uno de los rosados— se me deshizo con el apretón y entre la crema se vieron mis uñas largas y sucias. Fue un momento terrible, pero la señora no había notado nada: estaba arreglando un cuadernillo de música en el piano. La mujercita del delantal miraba un florero. Sentí un alivio enorme. Junté los trocitos del dulce y los hice desaparecer en mi boca.

Mientras tanto, Edilberto se comía su pastelillo sin esfuerzo, como quien juega.

—Sírvete otro. Ese con chocolate. ¡Tómalo de una vez!

Yo tenía pegajosas las manos, pero no podía limpiármelas en la ropa ante los ojos de aquellas dos mujeres que parecían no mirar pero que de algún modo me veían. Había que disimular, por lo menos mientras ellas estuvieran presentes.

Por fin se terminaron los dulces y Edilberto me convidó a su cuarto. Era una pieza pequeña, con un catre muy lindo y un empapelado celeste. Había un baulito pintado de azul con unos burros muy cómicos en la tapa. Adentro estaban los tesoros de mi amigo: aviones, cornetas, locomotoras, soldados, cañones, grúas... Un mundo que yo no me habría imaginado nunca. Pero me pareció que eran muchas cosas para que uno pudiera jugar con todas al mismo tiempo. Edilberto no me dejaba tranquilo mandando y disponiéndolo todo:

—Suelta eso para que armemos la línea del tren. Ese payaso no tiene ninguna gracia, déjalo. ¡Pero ayuda, tonto!

Claro que era bonito el tren arrastrando sus cuatro vagones por la pequeña línea con andenes, señales y todo. Me hacía pensar en el tren de los mineros, pero este era más chico. Sin embargo, a mí me gustaba más el payaso que tocaba el acordeón. No había más que apretarle un botoncito en la espalda para que moviera solo el instrumento. Al cabo de un rato, comencé a entusiasmarme con el ferrocarril. Edilberto inventaba cosas:

—Nosotros éramos unos bandidos que desrielaban el tren donde iba el hombre de los planos.

—Ya está.

—Dos troncos de árboles aquí.

Colocábamos palos de fósforos encima de los rieles. Allá venía la locomotora —¡traca-trao, traca-trao! ¡Pi... piiiií!— llegaba —¡pum!— saltaba fuera de los rieles y quedaban las ruedas girando en el aire. Entonces nos reíamos como tontos.

—Otra vez, otra vez —suplicaba yo.

—No. Esto no tiene gracia. Mira: ahora sale un avión —¡rrr!— y aquí nos vamos nosotros con los planos. Entonces llegaban los soldados con sus cureñas —¡bum-bum!— y el avión se viene abajo

—¡Rrr!, ¡rrr! ¡Sahhh!, pero nos salvamos en paracaídas.

Resultaba bonito, claro; pero los juguetes no eran míos y Edilberto apenas me dejaba tocarlos. Quería ser el jefe y el director de todo.

—Mira, ahora llegamos a una isla, y entonces... —proponía yo, buscando modo de ilustrar mis lecturas con un bote a vela. Pero Edilberto me deshacía el proyecto con un gesto y sacaba un personaje nuevo.

Así llegó la hora del té.

Vino la madre para llevarnos al comedor en donde cada cosa brillaba de limpia. Dos caballeros estaban ya sentados a la mesa y conversaban con una niñita de nariz respingada y trajecito corto, vaporoso, lleno de pliegues.

—Mi tío Eduardo, mi hermano mayor, mi prima Gladys —me dijo Edilberto, llevándome por turno frente a los personajes que iba nombrando.

—¿Este era tu amigo?, preguntó Gladys con gesto impertinente, dándome de alto a bajo una mirada sin piedad y levantando todavía más la nariz.

—Este..., respondió Edilberto, y noté en el tono que pedía disculpa.

Pero la madre no los dejó seguir y me lanzó una sonrisa a través de la mesa.

—Tú, siéntate ahí, Roberto. Y tú, Edilberto, a su lado.

En la silla me sentí seguro, porque no se me veían los zapatos ni las piernas arañadas. Pero los ojos de Gladys seguían fijos, y yo notaba la burla y el desprecio en ellos. Esos ojos insultantes se paseaban por mi pelo, por mis manos morenas, por el cuello gastado de mi blusa.

—Me han dicho que eres uno de los mejores alumnos del curso, Roberto. Sírvete compota. Las palabras de la señora no necesitaban respuesta. Hablaba por decir algo, tal vez por distraerme. A mí me habría gustado conversar, decir cosas que dejaran bien puesto a Edilberto. Pero no se me ocurría nada, nada.

Cuando alguno de los caballeros me dirigía la palabra, yo me atragantaba, porque tenía la boca llena. Y cuando, al fin, conseguía sacar la voz, ya nadie me oía, porque los señores conversaban entre ellos.

—¡Diles algo, diles algo! —me suplicaba Edilberto cuando un silencio se producía—. Cuéntales del colegio.

Pero yo estaba tonto y ni las manos ni la boca querían obedecerme; sobre todo las manos. Me costaba un trabajo enorme dominarlas para que la mermelada se mantuviera en la cuchara. ¡Y qué martirio llevarse hasta la boca las tacitas casi transparentes, poco más gruesas que un papel, sin derramar el té! Edilberto me acercó un plato que era mío, para mí solo. Un plato con trozos de torta, galletitas y queso. Después me allegó la mantequilla y el pan.

—¡Pero sírvete, hombre!

¿Por dónde había que empezar? Mis ojos recorrían la mesa sin poder orientarse. Quise partir mi torta con el tenedor, como lo hacía Edilberto, y el pedazo cayó en el mantel. Traté de ensartarlo y partió de nuevo. Sentía rabia, vergüenza y hambre.

Gladys me miraba pelear contra mis manos, y sin duda le parecía muy gracioso, porque se reía como un conejo. Sentí ganas de tirarle a la cara el platillo con crema, de darle un puntapié en las canillas, de largarle bruscamente una palabra gruesa, de las que se usaban en el prostíbulo.

Los demás no se ocupaban de mí. Me habían apartado de su atención como a un perrito que se empuja con el pie debajo de la mesa. Todo esto me dolía, me hacía sentirme más pequeño, más sucio, más vulgar.

Por fin, Edilberto tuvo una idea brillante. Comprendí que con ella quería rehabilitarse ante Gladys y sus parientes.

—¿Saben? —dijo de repente—. Roberto sabe recitar y lo hace muy bien.

Los caballeros, que hablaban de política y negocios, no se dieron por aludidos. Pero la madre (algo falso había en su voz) se mostró muy contenta de que yo supiera recitar. Entonces Edilberto, casi a empujones, me puso de pie.

—Recítales la del niño huérfano. Pero, párate, párate y suelta esa cuchara.

Me quitó el bocado que había conseguido, por fin, equilibrar y me dejó parado frente a los ojos burlones de Gladys y a la indiferencia de los señores que conversaban y fumaban.

—La del niño huérfano, repetía Edilberto seguro de que mi triunfo le correspondería también en parte.

—Dila, me pidió la madre con una voz alentadora y suave.

Entonces me nacieron ansias de conmover a mi auditorio, de mantenerlo en suspenso como a toda la clase cuando el hermano Antonio me hacía declamar... Pero ahí estaban los ojos de Gladys, estaba su nariz insolente, estaba su gesto de indiferencia desafiante.

"Ya verás, ya verás", pensaba yo, seguro de embrujarla con mis palabras.

Y comencé a decir el poema con los ojos en lo alto, como era mí costumbre. Las voces de los señores callaron un momento, nada más que un momento, y luego los oí proseguir en tono más bajo. Gladys se estiraba el vestido, recogía una miga de pan del mantel y se notaba que tenía muchas ganas de bostezar.

Terminé con la sensación de haber estado gritando solo en medio de la calle, como un "canuto" de los que se paran en las esquinas. Me aplaudieron con desgano, más bien por costumbre. Los dos caballeros continuaron hablando de ministerios y otras cosas graves. Gladys me contemplaba con su antipática sonrisa de conejo. Cuando ya iba a sentarme, el tío Eduardo me llamó con un gesto de su dedo índice y sin dejar su conversación me puso en la mano una moneda de un peso. Me ardió violentamente la cara, sin saber por qué. El gesto del tío Eduardo era el mismo que hacían en la estación los pasajeros de primera, al echar unos centavos en el tarrito de los ciegos. Hasta la sonrisa de la dueña de casa comenzó a parecerme falsificada.

En seguida, Edilberto me arrastró de nuevo a su pieza para que yo mirase cómo él hacía solo las cosas sin permitirme tocar nada. Tomé otra vez el payaso del acordeón, pero él me lo arrebató llamándome estúpido. Quería que armáramos una grúa para levantar la locomotora. Pero yo miraba la puerta con unos deseos locos de irme.

—¿Qué tienes? ¿Por qué no juegas?

—Estoy cansado ya y...

—No seas tonto. Ahí está el payaso, tómalo.

Entró la madre de Edilberto y yo aproveché para inventar una mentira:

—Mi mamá me necesita a las seis.

—Entonces ya debes irte, Roberto —me respondió ella, consultando su reloj pulsera—. Y tú —se dirigía a Edilberto— dale un juguete de recuerdo. Ese payaso, por ejemplo.

—¿El payaso?

—Sí, hijo, sí. Tú tienes demasiados juguetes, mientras que él, pobrecito... Tómalo, Roberto, yo te regalo el payaso. A Edilberto le compraré una lancha con motor.

No sabía cómo irme después de recibir el regalo. El payaso me miraba con sus pupilas azules y pícaras. Su boca parecía reírse de todo.

Yo no sé lo que me pasaba en ese momento. Debía sentirme contento y estaba a punto de llorar. Posiblemente era vergüenza.

Salí sin volver la cabeza, sin despedirme casi, igual que si huyera. En la calle tuve un desconsuelo infinito, como si me hubieran arrojado de la casa lujosa. Aunque Edilberto me invitara, no volvería nunca más.

El payaso estaba ahora sobre la colcha sucia y rota de mi cama. La blancura de su cara resaltaba mejor en la pared húmeda y mugrienta en que estaba apoyado. Afuera se oían los trajines de mi madre que preparaba la comida. Había olor a cebollas, a grasa espesa, a leña verde. Por la puerta se divisaba el patio de tierra con charcas de agua obscura; más lejos, las murallas derruidas... Con el humo me dolían los ojos.

El payaso no estaba bien encima de la cama. Era demasiado limpio y correcto. Lo puse sobre la cubierta despareja del cajón que me servía de velador. Se veía horrible junto a las manchas de la esperma. Entonces comprendí que aquel juguete no era de mi casa, no era mío. Hice un último intento, sin embargo, para encontrarle un sitio apropiado. En el cuarto vecino, cerca de una mesa con el hule roto, estaba peor. La cara de porcelana, blanca, roja brillante, parecía reír. Los ojos y la boca tenían una mueca burlona, como la cara..., sí, como la cara de Gladys. Era ella misma que me había seguido hasta mi casa.

Entonces me subió por el pecho una terca y salvaje alegría.

Tomé al muñeco de los pies, de los dos pies, con toda mi alma, y le reventé la cara contra el suelo.

Después me puse a reír, a reír con la risa más desesperada de la tierra.

Y, de repente, se me llenaron los ojos de lágrimas. Hundí la cara en la colcha rota y empecé a sollozar con una desesperación que no quería consuelo.

Pero no era —¡lo juro por Dios!—, no era por el payaso roto...

VIII

Una tarde, al regresar del colegio, encontré a mi madre con los ojos enrojecidos a la orilla del brasero. Hilda y Sonia andaban por ahí, silenciosas, en inútiles actividades que no conseguían deshacer el tenso ambiente que llenaba la pieza. Me dejé caer junto a una esquina de la mesa, mirando alternativamente a las tres mujeres, sin atreverme a preguntar. Hilda, sesgando mis miradas, me puso delante una taza de café claro y un trozo de pan. El ruido de mis mandíbulas y de mi lengua al sorber el líquido me pareció desmesurado y me produjo un malestar indefinible. Procuré por ello despachar cuanto antes mis once.

Cuando Estela volvió del trabajo tuve la explicación de todo. Mauricio estaba preso por haberse trabado a golpes con otro individuo en una cantina. Unos rapaces del vecindario habían traído la noticia hasta mi casa con gran algazara, sin saber el efecto que aquello produciría.

Estela, el enterarse de la nueva, se dejó caer al borde de la cama sin soltar su cartera roja de cuero ajado y se quedó mirando hacia el patio. Una pregunta mía quedó sin respuesta.

Entonces comprendí que también debía callar.

—Hay que hacer algo para sacarlo, dijo por fin Estela.

—Tendríamos que pagar la multa, respondió mi madre, abatida la cabeza, las manos en la falda.

—Acompáñame, Roberto, me ordenó mi hermana mayor con decisión.

Cuando habíamos llegado a la puerta, escuché la voz de mi madre:

—¿Adónde vas, Estela?

—A la comisaría.

Se puso a caminar con un paso tan resuelto y rápido que me costaba trabajo seguirla. La comisaría estaba en una acera marginada de acacias, allí en una esquina de la avenida más amplia del pueblo. En la puerta nos detuvo un uniformado que gritó con bronca voz hacia adentro:

—¡Cabo de guardia!

Fuimos llevados a presencia de un teniente pulido y fragante que nos miraba desde atrás de un pupitre luciente, sin gorra, con un pitillo rubio entre los labios.

—¿Qué quieren?

Lo dijo sin levantar la vista del libro de partes, con una voz que la costumbre había hecho autoritaria. Mi hermana avanzó hasta ponerse frente al escritorio. Entonces los ojos del teniente se alzaron iluminándose con una llamita de admiración. Estela era muy bella; tenía un rostro son-rosado, de facciones regulares y perfil suavísimo, como de seda. Sus ojos eran pardos, con un leve fulgor apasionado que los tornaba dramáticos. El azoramiento le daba en ese instante un encanto que muy pocos hombres hubieran podido resistir.

—¿Qué desea, señorita?

El oficial abandonó su postura displicente para fijar con interés sus pupilas en la figura que tenía delante.

—Vengo..., vengo a saber por qué han traído preso a Mauricio Lagos.

—Mauricio Lagos... ¡Ah, sí. Sí! —miró el libro de partes—. Desor-den y ebriedad... ¿Es pariente suyo?

—Es mi hermano, respondió Estela con cierta fiereza.

—¡Bribón! Con una hermana tan linda y haciendo barbaridades.

El teniente miraba a Estela para ver el efecto que había causado su galantería. Ella fingió no haber oído y preguntó de nuevo:

—¿Ya lo pasaron al juzgado?

—No, no; está en el calabozo, ahí adentro, junto con el otro.

—¿Sería posible sacarlo?

—Bueno..., depende.

El policía se había puesto de pie y lucía su espigada silueta como un pavo real que pretende conquistar a su hembra. Se pasó el índice derecho por el bigotillo sedoso, alisándoselo; sacudió la ceniza de su cigarrillo; se sentó al borde del escritorio, cruzó los brazos y recorrió con mirada de catador la silueta de mi hermana.

—¿Usted vive en el mismo domicilio que dio el detenido?, interrogó con cierto aire de malicia, de insinuación, como quien tantea terreno.

—Sí, señor.

La voz de Estela era cortante y su rostro se había endurecido.

—Calle Zañartu, 768... —dijo con lentitud el teniente—. Penúltima cuadra... A la vuelta queda..., no es un barrio muy tranquilo que digamos.

Parecía ir reconstruyendo el escenario de nuestro domicilio. Sin duda quedó satisfecho de sus deducciones, pues añadió con tono más resuelto:

—Por ahí paso yo a menudo. Es curioso que no la haya visto.

Todo el día estoy en mi trabajo.

—Y... ¿dónde trabaja usted?

—En el centro. Soy costurera.

—¡Lástima que unas manos tan bonitas tengan que clavarse con la aguja! Estela perdió la paciencia:

—Señor, yo quiero saber si sería posible sacar a mi hermano. Nada más.

—¿Sacarlo? Ya lo creo. Todo se puede en la vida...

—¿Habría que pagar multa?

—No hablemos de dinero... Usted debe ganar poco en su trabajo.

—¿Cuánto habría que pagar, señor?

—Bueno, si usted insiste... Treinta pesos.

Hurgó Estela en su maletín y extrajo de allí unos cuantos billetes.

—Aquí tiene, señor.

El teniente hizo un gesto indefinible, se sentó tras el escritorio y empezó a garabatear un papel. Mientras escribía, preguntó como al descuido:

—¿A qué hora sale usted de su trabajo?

—No tengo hora fija.

El policía llamó hacia adentro:

—¡Cabo Martínez!

Las botas y los espolines del subordinado sonaron como un disparo en la puerta, al cuadrarse.

—A su orden, mi teniente.

—Saque del calabozo al detenido Mauricio... Lagos y tráigalo. Tras unos momentos que el teniente aprovechó para seguir con sus insinuaciones, apareció mi hermano tras el cabo Martínez. Estaba sucio, con la cara desfigurada y los ojos bajos. Estela se aproximó a él, pero Mauricio ni siquiera hizo un gesto de cordialidad. Tenía el aire hermético de quien guarda en el pecho profundos rencores.

Luego de llenar las formalidades del caso, abandonamos el cuartel. Durante las dos primeras cuadras no se habló casi nada. Mi hermano caminaba apresurado, raspando el pavimento con sus zapatos. Yo sentía impulsos incontenibles de coger su mano y de decirle palabras cordiales.

En la tercera cuadra, mi hermana me advirtió en voz baja:

—No vayas a decirle a mi madre que hubo que pagar multa. Mauricio caminaba dos pasos delante, pero escuchó las palabras de Estela.

—¿Cuánto tuviste que pagar?, preguntó con voz sorda.

—¿Qué te importa, tonto? Lo principal es que estás libre.

—Pero las patadas que me dieron... —lo sentimos ahogar un juramento y continuar después—. Por lo menos han sido treinta pesos... Yo voy a trabajar para devolvértelos.

—No importa, Mauricio.

El siguió caminando con la cabeza gacha. Al cabo de un momento se puso al lado de mi hermana.

—Oye, Estela..., y había una extraña emoción en su voz.

—¿Qué, Mauricio?

—¡Yo soy un baboso de porquería!... Había vuelto del norte con quinientos pesos... Pensaba... ¡Jetonazo, jetonazo!

—No te preocupes, hombre.

—Pensaba comprarle a mi vieja... Pero ahora ya no tengo ni cobre... Me encontré con un amigo y nos pusimos a tomar. Después jugamos...

Pasábamos en ese instante frente a una cantina. Mauricio miró hacia adentro y se humedeció los labios con la lengua.

—¿Quieres tomarte una cerveza?, le preguntó mi hermana, adivinando su sed.

—¡Cómo se te ocurre! Después que tuviste...

Pero Estela lo hizo callar. Le puso en la mano unas monedas y lo empujó hacia la cantina.

—Anda. Yo te espero aquí.

—Váyanse mejor. Yo llegaré a la casa más rato.

—Te espero aquí, recalcó Estela con cariñosa firmeza. Mauricio penetró al negocio arrastrando sus zapatos. Mi hermana y yo nos pusimos a pasear por la acera. Al cabo de un momento, vimos salir de la cantina un grupo de borrachos. Uno de ellos se aproximó a mi hermana y le lanzó un pesado zarpazo en la oscuridad. Sentí un grito de Estela y luego vi al borracho salir trastabillando hasta el medio de la calle en donde cayó como un fardo. A nuestro lado estaba Mauricio sobándose las coyunturas de la mano derecha. Es el golpe más preciso que he visto en mi vida.

Mi hermano cogió a Estela del brazo y seguimos caminando. Todo había sido tan rápido, que los otros borrachos ni se dieron cuenta de la suerte corrida por su compañero.

Un poco más allá, me aproximé a Mauricio. Sentí su mano sobre mi cabeza y aquello me bastó para hacerme feliz.

—Oye, Estela..., le oí murmurar.

—¿Qué quieres, Mauricio?

Sus dedos se crisparon convulsivamente entre mi pelo. No dijo nada más. Respiró fuerte. Abatió la cabeza de nuevo.

Comprendí que no quería llorar.

Se aproximaba el cumpleaños de mi madre y Estela había juntado con mil argucias aquellos treinta pesos de la multa para hacerle un regalo. Mi vieja, sin embargo, parecía muy contenta, pues Mauricio había permanecido en casa dos semanas y no mostraba signos de querer marcharse. Lo veíamos salir por la mañana, muy temprano, y regresar de noche, cerca de las doce a veces, laxo, pero contento. Nuestras pobres comidas adquirían con su presencia una agitación inusitada. No paraba un momento de hablar, de contar historias, de describir lugares y hombres que había tropezado en su vagabundaje. Nosotros reíamos como locos ante su recia jovialidad en que los obstáculos y las penurias parecían cosas de juego por la manera como las relataba. Después se iba a dormir a mi cama y yo lo sentía respirar a mi lado con todo el poder de su vitalidad desbordante. Allí conocí por primera vez el olor poderoso que tiene un cuerpo sudado por el trabajo.

Eran los primeros días de diciembre y ya debían comenzar los exámenes. Yo no estudiaba casi, seguro de salvar brillantemente todas las pruebas, como si ellas constituyeran un juego de destreza ya familiar para mí. Desde hacía tres meses ninguno de mis compañeros conseguía ni siquiera amagar mi primer puesto que yo detentaba como un derecho adquirido.

El sábado 5, a eso de las ocho de la noche, cuando yo dibujaba unos monos en el margen de un periódico, sentí abrirse la puerta y asomó, sigilosa, la figura de mi hermano. Solo Hilda estaba allí, en el otro lado de la mesa, leyendo. Mi madre y Sonia conversaban fuera, cerca del fuego en que hervían las ollas. Estela no había vuelto aún de su ocupación.

Entró Mauricio con un dedo en los labios, haciéndonos ademán de callar. Entre los brazos traía varios paquetes que depositó sobre la mesa. Dijo algo al oído de Hilda, la cual se fue hasta el cajón en que guardaban los platos y retornó con cinco de ellos, que distribuyó silenciosamente sobre la mesa. Mauricio los colmó con una enorme cantidad de comestibles y golosinas: pedazos de jamón, huevos, mantequilla, queso, galletas, pasteles…, qué sé yo. De los bolsillos posteriores de su pantalón extrajo dos botellas de vino que relumbraron bajo la luz de la vela. Después de haberlas puesto en medio de la mesa, se sentó muy tranquilo y aguardó. Casi en seguida vimos entrar a Estela. Traía una torta sobre una bandeja de cartón y le hicimos un sitio para que la pusiera en mitad de la mesa.

Yo estaba a punto de gritar de alegría; pero los gestos de los conspiradores me reducían a la inmovilidad. Afuera hablaba Sonia con gran entusiasmo, y comprendí que ella era la encargada de retener a mi madre mientras adentro se preparaba el decorado. Estela, además de la torta, había colocado encima de la mesa dos paquetes:

Uno de ellos delataba inconfundiblemente los ángulos de una caja de zapatos.

Mauricio cogió una de las botellas y fue a destaparla al lado de la puerta de calle para disimular el ruido. Cuando retornó, ya Hilda había colocado sobre la mesa dos copas y cuatro tazas, una de ellas sin oreja, que fueron llenándose de líquido rojo. Entonces salió Estela y condujo a mi madre, conversándole de cosas triviales, hasta donde nosotros estábamos. Los ojos de mi buena vieja se desbordaron de admiración y recorrió los rostros de todos, inquiriendo. Sin darle tiempo para reponerse, Estela le puso en las manos los dos paquetes que estaban sobre la cama. Sonia, más decisiva, le ayudó a desatarlos, y mi madre se halló en presencia de un vestido oscuro, recién hecho, de un chal de lana y de un hermoso par de zapatillas negras que relucían allí en el fondo de la caja blanca.

—¡Hijitos!, la oímos decir y dos grandes lágrimas se quedaron brillando sobre la tela negra del traje que apretaba contra su pecho.

Entonces vino una confusión de abrazos y besos y su pequeña figura despareció entre los cuerpos de sus hijos. Yo fui el último en apretarme contra su pecho y juro que no sé si las lágrimas que bañaron mi rostro eran mías o de ella.

—¡Salud, señora!

Mauricio se le acercó presentándole una copa de vino, mientras ofrecía la otra a Estela. Los demás cogimos las tazas y hubo un opaco choque de cristales encima de los rostros sonrientes y de los ojos humedecidos.

Fue una cena cordial, chispeante, llena de bullicio y animación, aunque interrumpida de vez en cuando por algún lagrimón extemporáneo. Pero Mauricio sabía disipar pronto la emoción con frases oportunas que nos arrancaban intempestivas carcajadas.

—¡Si tu padre estuviera aquí ahora...!, dijo mi madre dirigiéndose a Mauricio.

—¡Qué, señora! El viejo ha de estar farreando que es un gusto por ahí, que para eso no le falta nunca. ¡Ah!, me había olvidado... Hace como dos meses lo encontré en Chañaral.

—¿Y cómo andaba?, preguntó Estela.

—Eso es lo que digo yo: cómo andaba... Tuve que llevarlo casi al hombro para la pensión... Creo que se vino a Valparaíso a trabajar en una imprenta que iban a fundar ahí.

—¡Pobre viejo!

—Salud por el viejo... ¡Qué bien le vendría un traguito de este vinoco al veterano! Y sírvame otro poquito de comistrajo, pues, señora, que todavía me queda apetito. Fíjese que he estado dos semanas amarrado al palo sin levantar cabeza.

—¿Estabas trabajando?, inquirió mi madre.

—¿Y para qué cree que tengo estos brazos?... Para darle un gusto a usted, pues, viejita... Y para pagar...

—¡Cállate!, le reconvino Estela, temerosa de que mi hermano revelara el secreto de la multa.

—Y para pagar en algo todos los sacrificios suyos, pues, señora.

—Estoy contenta con tener unos hijos como ustedes, comentó mi madre.

—No diga nada, señora, que más son los disgustos que le hemos dado. Yo, por lo menos, que soy un puro caballo.

— ¡Cállate, Mauricio!

Mi madre le amenazaba con una cuchara, con indignación legítima.

Entonces mi hermano fue hacia ella, la levantó de su asiento, le dio un abrazo enorme y le puso en las manos un atado de billetes. Después salió a la calle sin despedirse de nadie.

Al día siguiente supimos que lo habían visto tomar un tren en la estación.

IX

Desde hacía tres meses yo estaba yendo a casa de mi tío Antonio para ayudar en sus estudios a Leandro.

Era este un muchacho voluntarioso y testarudo como una mula y habría desesperado a cualquiera con menos paciencia que yo. Desde el comienzo me tomó ojeriza y hacía sistemáticamente lo contrario de lo que yo le indicaba. Me llevaba un curso de delantera en el Instituto, pero mis conocimientos eran mucho mayores que los suyos. Al principio estuve tentado de darle con el tintero por la cabeza, mas me contuvo el temor del escándalo que se armaría en seguida. La esposa de mi tío lo adoraba y muchas veces la vi regañar a las sirvientes porque protestaban de las canalladas que el mocoso tramaba contra ellas.

—Vamos a repasar un poco de geografía de América, le insinuaba yo cogiendo el mapa que para el caso le había comprado su padre.

—No me gusta, exclamaba de inmediato el zopenco y no había poder humano capaz de sacarlo de allí.

Para ser sincero, a mí me tenían sin ningún cuidado sus estudios, de modo que me limitaba a dejar que transcurriera el tiempo y nos llamasen a tomar once. Nos daban pan con mantequilla, compota y galletas: un verdadero banquete para mí. Muchas veces deslicé en mis bolsillos, furtivamente, un par de golosinas para llevárselas a Hilda, mi preferida, en la casa.

Pero un día descubrí la manera de interesar a este energúmeno. Comencé a relatarle las andanzas del "Taimyr' por los mares del Polo y de aquella manera lo pude mantener quieto por más de una hora seguida. Me las ingeniaba siempre para dejar en peligro a los héroes, con lo cual conseguía que el cargoso se me juntara hasta en los patios del colegio para preguntarme la continuación. Pero yo era insobornable. Solamente proseguía mi cuento a la hora de estudio y lo interrumpía mientras estábamos tomando once. Mi tío y su esposa no podían menos de extrañarse ante el interés que demostraba Leandro porque nos fuéramos pronto a continuar los "estudios". Estaban ciertos de que su chico saldría bien en los exámenes y yo pensaba para mis adentros: "Sí, saldrá bien siempre que le pregunten cómo viven las focas en la nieve y de qué modo edifican sus casas los esquimales". Mas como dichas materias no estaban contenidas en el programa, Leandro sacó el penúltimo puesto en las pruebas finales. Y no sacó el último porque el que se lo llevó había estado tres meses enfermo.

Pero estoy adelantando los hechos. No era solo el interés por Leandro el que me empujaba cada tarde hacia donde mi tío Antonio. De la casa contigua solía venir una vecina que se quedaba jugando a la puerta de nuestra sala de estudios y con la cual yo empecé a cambiar unas miradas que nada tenían de inocente. Ella era una chica rubia, con una hermosa cara de muñeca y unos ojos de un vibrante color lila mojada. La nombraban Chela, diminutivo de un largo nombre que yo garabateé muchas veces en cuadernos, arena y paredes: Mariángela. Mariángela era la encarnación de todos mis sueños. Las heroínas de mis libros tenían su rostro. En la escena de amor que pinta Víctor Hugo en "Han de Islandia", el galán era yo y Mariángela mi dama. Y, para que nada faltase al símil, allí estaba su padre, comandante de carabineros, alto, recio, hosco, de grandes cejas, como el monstruo de la novela.

Mariángela se vio atrapada una tarde por el embrujo de mi palabra. Finalizado ya el peregrinaje del "Taimyr", había comenzado yo esa tarde la relación, un tanto abultada, corregida y adaptada de mi libro favorito: "La vuelta al mundo en ochenta días". Si Julio Verne me hubiera oído, de seguro no reconoce su obra, pues yo le introduje tantos cambios como me dictaba mi imaginación. Era la muchacha la que me iba indicando con sus ojos maravillosamente expresivos los pasajes que más le gustaban, y entonces yo insistía en ellos, los alargaba y dramatizaba con gestos de gran actor.

Desde ese día tuve dos discípulos, tan atentos y fieles como muy pocos profesores los habrán encontrado en la vida.

Una tarde, Leandro fue llamado insistentemente por su madre cuando yo estaba en lo más intrincado de mi narración. El muchacho se decidió a ir solo después del séptimo requerimiento y me advirtió perentoriamente antes de salir:

—No sigas hasta que yo no vuelva.

Mariángela, sentada frente a mí, al otro lado del escritorio, me contemplaba intensamente. Yo creo que narraba muy bien; era en mí una especie de arte instintivo, como el de la recitación, y no me producía ninguna extrañeza que mi auditorio no chistase mientras yo hablaba. La muchacha sacó, desde muy hondo, una voz suavísima, tierna, suplicante para decirme:

—Sigue para mí, ¿quieres?

Tenía ya esa sabiduría de las mujeres que mandan fingiendo implorar.

Pero yo en el terreno de los relatos era un amo y me gustaba mantener la expectativa.

—Cuando vuelva Leandro, le contesté.

—Robertito, yo te lo pido... es para mí, para mí sola. Cuando él llegue lo cuentas de nuevo... No, no digas que no.

Al ver que no tenía ninguna intención de obedecerle, abandonó su asiento y se puso a mi lado.

—Sigue, Roberto, y te doy una cosita...

—¿Qué cosa?, inquirí fingiendo seriedad.

—Un beso.

Y antes de que yo pudiera hacer un movimiento sentí en mi cara la tibia presión de su boca. Después me abandonó bruscamente y fue a sentarse de nuevo en su lugar.

Mariángela era para mí una especie de divinidad inasible, como la más alta de las princesas. Su contacto me turbó de una manera casi aterradora. Sentí en mi sangre como un vértigo, una cosa dulcísima, una embriaguez...

Continué para ella, como en sueños, sin saber casi lo que decía, sintiendo el deseo tiránico de palparme aquel sitio de la cara donde ella me había besado. Inventé una heroína de la cual Phileas Fogg se enamoraba; los puse a ambos en un parque de rosales, frente a un mar encendido por la luna, los hice jurarse un eterno amor… y al fin reparé en que Mariángela tenía los ojos húmedos. Me suplicó que casara a los héroes y yo los uní en esponsales solemnes para complacerla. El lío se me presentó cuando Phileas pretendió dejar a su amada en un puerto con la promesa de volver a buscarla al término de su empresa.

—¡No, no, que no la deje!... —me suplicó casi llorando Mariángela—. El se podría morir sin que ella lo supiera.

De nada me sirvió asegurarle que no moriría. De ningún modo. Ella los quería juntos, en la tierra, en el mar, en todas partes. No me que quedó sino embarcar a Maristela —así había bautizado a mi heroína— junto con su marido. ¡Pobre mujer! ¡Cuántas penurias debería pasar más tarde por culpa de mi fantasía endemoniada!

Regresó Leandro y hube de volver atrás. Las cosas se embarullaron un poco y Mariángela se creyó en el deber de corregirme. Reparé mis errores tornando con denodados bríos a casar otra vez a Phileas con Maristela. Se me ocurrieron cosas nuevas y las quise añadir; pero la muchacha me interrumpió con un rotundo "¡Eso no es así!", que provocó las iras de Leandro.

—¡Cállate tú, tonta!, le dijo amenazándola con un bofetón.

—¡Estúpido!, le gritó Mariángela, enardecida.

—¡Te vas de mi casa, antipática!

—¡No me voy!

—¿Que no?

Y la cogió por un brazo con violencia animal.

Entonces intervine yo con la decisión de los héroes. Influido todavía por mi relato, le grité inmovilizándolo por los hombros.

—¡Atrás, miserable!

Mas, me llegó tal codazo en el estómago, que casi bramé de dolor. Pero no podía quedar en situación desairada frente a Mariángela. Sobreponiéndome a la debilidad que me produjo el golpe, cogí a Leandro por el cuello de la chaqueta y lo tumbé contra la mesa. Antes de caer, la mano del canalla profanó la cara de mi heroína. Entonces yo me volví una furia. Creo que le pegué demasiado fuerte, porque se puso a llorar como si lo descuartizaran.

Al barullo acudió la madre y a pescozones me hizo abandonar mi presa. Después me llenó de insultos:

—¡Malagradecido! ¡Limosnero! ¡Atrevido!

Mariángela, llorando, escuchaba. Y hubo de oír lo que yo siempre hubiera deseado ocultarle: que me vestían de limosna, que me ponía los zapatos viejos de Leandro, que me costeaban la educación... Creo que ningún personaje de novela sometido a tormento ha sufrido tanto como yo en aquella oportunidad. Era cosa inhumana, superior a mi resistencia. Fui despedido ignominiosamente, con la advertencia perentoria de que no apareciera más por allí. Y para colmo, Leandro me dio un puntapié en las nalgas antes de salir.

Me figuré que después de aquello debía renunciar para siempre a recibir una mirada tierna de los ojos azules de Mariángela. Me fui por las calles igual que un perro vapuleado, pero acariciando temerosamente aquel punto de mi rostro en que se habían posado una vez los labios adorables...

Mariángela estudiaba en un colegio dirigido por monjas, distante tres cuadras del Instituto. Nuestra salida de clases coincidía con la de las muchachas, lo cual aprovechaban los más audaces para galantear a las colegialas. Yo nunca me decidí a ello, en parte por timidez y en parte porque aquellas mujercitas eran de una esfera superior a la mía, y mi orgullo era demasiado para exponerme a un desaire.

El viernes siguiente, a las cuatro —tres días después de lo que he relatado—, al encaminarme a casa, sentí que me llamaban desde atrás. Volví el rostro y me hallé frente a una muchachita pecosa, de pelo rizado, que me hacía señas.

—¿A mí?, pregunté mientras miraba a todas partes temeroso de que la chica se hubiera equivocado.

—Sí... ¿Usted es Roberto? —inquirió, acercándose.

—Yo... soy yo.

—Aquí le manda Mariángela.

Me puso entre las manos un papel y echó a correr calle abajo.

Permanecí perplejo, mirándola. Allá, tras la esquina, emergía la cabeza rubia, solamente la cabeza, de Mariángela.

Desdoblé con premura el mensaje, metiéndolo dentro de un libro para esquivar miradas indiscretas y me encontré frente a un deslumbramiento. La muchacha me citaba para esa noche en la plazuela que distaba media cuadra de su casa. "Quiero que siga contándome la historia de Pileas y Maristela. No deje de faltar. A las 8 en punto". El 8 estaba subrayado muchas veces, lo mismo que la frase anterior, que ahora me parece un poco rara.

Pero en aquel instante no estaba yo para disquisiciones gramaticales, y al levantar la vista divisé por última vez la cabecita de Mariángela y su mano menuda que asomaban detrás de la esquina. Levanté mis dos brazos para corresponderle, impulsado por una fogosa adoración y mis libros y cuadernos levantaron polvo en el suelo. Escuché su risa cristalina y su cabecita desapareció con rapidez.

Me interné por las calles terrosas como si lo hiciera por una maravillosa avenida de leyenda.

A las siete y media estaba ya en la plazuela, paseándome por cerca de la pila con una impaciencia que me hacía temblar los músculos de las rodillas. Me había lavado y compuesto como nunca, y hasta me puse un poquito de polvos, nada más que un poquito.

Mariángela me cogió de la mano y me llevó hasta un banco aislado, sin saludarme casi, contenta de que hubiera venido. Empezamos por decirnos muchas cosas absurdas. Ella me dijo que había pensado mucho en mí, "hasta cuando me acostaba". Que le había pedido a la Virgen María que me ayudara para que yo fuera rico y pudiera viajar con ella. Que por las tardes, a la hora del cuento, no sabía qué hacer y que se asomaba a la puerta para ver si yo venía. Sus palabras eran para mí como una lenta, suave, larga caricia. Me sentía llamado a cumplir las más grandes hazañas para hacerme digno de ella. Hubiera querido decirle que yo también había sufrido y que hasta había llorado un poco en las noches; pero las palabras no me salían, no, no me salían de ningún modo. ¡Y había una verdad tan grande y tan honda en mi corazón!

Fue una media hora más grata que todas mis lecturas. Alcancé a contarle un trocito, nada más que un trocito de la historia, a pesar de las ganas que tenía ella de seguir escuchándome y yo de continuar solo por sentir la presión de su hombro en mi brazo y, a veces, de su mano en mi pelo. Pero ella tenía que marcharse, podrían salir a buscarla y hallarnos allí. Sí, tenía que marcharse; pero que yo no creyera que lo hacía por voluntad propia, sino porque en su casa eran muy severos, sobre todo su papá, que gritaba por cualquier cosa. Y que no "dejara de faltar" a la noche siguiente, porque ella viviría pensando en mí y yo era casi Phileas Fogg para ella. En fin, que se alejaba un poco y que tornaba, que me cogía las manos y que decía cosas inverosímiles que a mí se me figuraban verdaderos poemas. Al fin, de sopetón, como aquella primera vez, me dio un beso en la cara y arrancó por entre los árboles de la plazuela.

Yo la miré alejarse y después miré las estrellas. ¡Qué grande, qué sublime y bello era el mundo!

Me quedé pensando en todo lo que puede pensar un niño solitario y fantástico.

Aquella maravilla iluminó mi infancia con una luz alta y pura. Mis andanzas pasadas, ante el milagro de Mariángela, habían perdido todo prestigio, se me figuraban cosas insulsas, desvanecidas o groseras. Más que nada groseras, y no comprendía cómo pude antes deleitarme con ellas. En Mariángela se cumplían mis aspiraciones más nobles y para ella, solo para ella, vivía y alentaba.

Lo que sobre todo daba mayor prestigio a nuestra amistad eran las múltiples argucias a que debíamos recurrir para vernos. Se satisfacían así todas las condiciones necesarias para hacer de lo nuestro un episodio romántico y peligroso.

A través de las palabras de Mariángela yo me había formado una imagen tremenda de su padre y su presencia me la confirmaba al divisarlo en la puerta o al tropezarme con él por las calles. Era, sin duda, un ogro adornado de los peores instintos. Sin embargo, era el padre de mi amada y sólo por ello me abstenía de formular condenaciones interiores. Lo aceptaba como un mal de los muchos que deben soportar los héroes.

Mariángela me había hecho nacer una confianza desmesurada en mí mismo. Pero no para las cosas pequeñas, sino para las vastas empresas en que era necesario prescindir de detalles. Sí, yo sería rico y poderoso. ¿Cómo? Como lo cuentan los libros: descubriendo tesoros, internándome en tierras inexploradas; por cualquier medio que estuviera más allá de la vulgaridad.

Sus labios y los míos fueron perdiendo timidez. Eran ya largos besos y hondos suspiros en que cabía todo el universo. Eran silencios prolongados que decían más que ninguna palabra. Eran deseos de irnos y de romper la tiranía que nos aprisionaba concediéndonos apenas media hora de proximidad, y no todos los días.

Porque a veces Mariángela no podía escaparse, y entonces yo rondaba por la plazuela como una sombra. El mundo se me aparecía opaco, vulgar y mezquino. No había nada, nada capaz de consolar mi desesperación.

En tales ocasiones, al retornar al suburbio, sentía una congoja que me oprimía el pecho. En casa comía poco y me quedaba pensativo en un rincón.

—¿Qué tendrá este muchacho?, solía preguntar Estela.

—Está creciendo, le contestaba mi madre.

¡Y yo hubiera deseado gritarles que era desgraciado, que amaba y que me amaban, que vivía en un infierno de terribles cavilaciones! Ellas no comprendían, no comprenderían aunque les explicara... ¡Está creciendo! ¡Mariángela! ¡Mariángela! Ella sola podía entenderme y consolarme. Era mi vida. Era lo más grande y noble que alentaba sobre la tierra...

Entonces me iba a la cama para seguir pensando sin que nadie me viera.

X

Todo aquello terminó bruscamente, de manera brutal.

Yo había dado mis exámenes obteniendo las mejores calificaciones del curso. Esto indujo al hermano Cornelio a enviar una comunicación a mi tío en el sentido de que podía, a principios del año entrante, dar examen para quedar en el primer curso de Humanidades. Cuando le presenté las notas y el mensaje, mi protector sonrió complacido, pero con cierto rencor, pues ante su escritorio tenía la horrenda papeleta de Leandro.

—Está bien. Ya veremos el año próximo lo que se hace.

Y me despidió enseguida, porque tenía muchos negocios de qué ocuparse.

Volví a mi casa un poco defraudado, pues llevaba expectativas de obtener por lo menos un billete de cinco pesos como premio a mi aplicación. Pero por la noche la recompensa me llegó en forma de muchos besos dulcísimos que me prodigó Mariángela en la penumbra de la plazuela.

—¿Ves? Tú llegarás a ser lo que quieras, me decía la muchacha al enterarse de mi triunfo, allí a la luz de un foco, cerca de la pila.

Me fui esa noche henchido de orgullo, pensando que nada valía tanto como la aprobación de mi amada.

De Mauricio no habíamos vuelto a saber. Los ingresos de Estela comenzaron a disminuir a consecuencia del poco trabajo que había en el taller de la modista, y para mayor fatalidad enfermó Hilda de un tifus que la llevó al hospital.

Fueron largos días y largas noches de expectación en que la casa estuvo como abandonada. Sonia y mi madre se turnaban para visitar a la enferma. Afortunadamente, intervino mi tío Antonio y suplió generosamente la escasez de elementos que había en el hospital, proporcionando a Hilda cuantos remedios necesitaba. Mi madre lloraba de gratitud ante aquella inesperada generosidad.

Hubo un instante, sin embargo, en que toda esperanza pareció abandonarnos. En la cara del médico que la cuidaba, divisamos el gesto de lo irremediable.

Ese día me había llevado mi madre, y la vi abandonada de toda su resignación.

—¡Mi hija se muere!, dijo con un sollozo como de fiera herida.

Y no hubo persuasión humana capaz de hacerla abandonar la cabecera de la enferma. Los médicos y las enfermeras, tras luchar vanamente contra su obstinación, acabaron por encogerse de hombros y marcharse. Nos quedamos allí toda la noche. Yo dormitaba a ratos en una silla alejada, viendo emerger de entre las sábanas la cabeza rapada de Hilda, sus rasgos angulosos, el afilamiento espantable de su nariz. En el recinto sonaban de pronto quejidos o toses que interrumpían mi sueño. Entonces yo alzaba los ojos y podía divisar a mi madre inclinada, inclinada con ansia y temor sobre la sufriente. Vino a mí de improviso y me dijo con un tono de esperanza, como obedeciendo a una inspiración:

—Recemos, Roberto.

Yo había aprendido a rezar el rosario en el Instituto y aquella vez puse toda mi fe en cada una de las palabras que componían los misterios, padrenuestros y avemarías.

—Primer misterio doloroso: La oración de nuestro Señor Jesucristo en el Huerto de los Olivos...

Ella, de rodillas sobre las tablas, balbuceaba por entre sus sollozos.

Y, de pronto, noté que detrás de nosotros se levantaba un clamor. Todos los enfermos que a esa hora estaban despiertos coreaban el rosario, y era un murmullo fuerte, poderoso, doliente, como el de la humanidad postrada.

Sentí que algo grandioso crecía en mi ser.

—Mamá, Hilda se va a mejorar, afirmé como iluminado.

Mi madre se inclinó para besarme la frente y murmuró con la voz trizada de emoción y esperanza:

—El señor te oiga, hijo mío.

Al día siguiente comenzó la mejoría de mi hermana.

Durante su convalecencia, otro problema vino a torturarnos. Debíamos tres meses de arriendo y el propietario nos había mandado una notificación judicial para que pagásemos el último día de enero; de lo contrario seríamos lanzados.

Después de la prueba terrible, aquella no lo parecía tanto, de modo que mi madre se halló con fuerzas suficientes para soportarla.

—Dios dirá, filosofó serenamente ante el papel que le había traído el receptor. Y se fue a sus quehaceres después de indicar a Hilda que ya era hora de acostarse.

En aquel momento yo comprendí mi impotencia y me miré las manos caviloso. De nada me servían, y de nada servía el cartón de notas que mi madre había colocado orgullosamente en un marco. Me sentí avergonzado, como si fuera culpable de algo.

Los pobres creen en el destino o en Dios porque son las únicas potencias capaces de ayudarlos en los momentos supremos. Cuando todas las esperanzas están muertas y los corazones parecen haberse endurecido para siempre, asoma el rostro de lo imprevisto, y pueden vivirse todavía unos días más, unos días que son como una tregua entre dos batallas.

Estábamos a veintiocho de enero y ya todo parecía irremediable. Recurrir al tío Antonio, después de lo que había hecho por Hilda, nos parecía a todos imposible. No tanto por la negativa, que al fin de cuentas él acabaría por soltar los billetes, sino por gratitud, por pudor, por dignidad. Había, pues, una barrera infranqueable entre él y nosotros. "Si volviera Mauricio"..., pensaba yo a menudo, con desesperación. Pero en lugar de eso, llegó una carta suya desde Coquimbo. Una carta breve, con muchas faltas y muchos recuerdos humorísticos. De todas maneras fue para nosotros, especialmente para mi madre, un rato de alegría. Después tornamos a nuestro problema angustioso.

Yo salía sin rumbo por las tardes, al encuentro de lo inesperado. Pero ya mi precocidad me decía que esto se presenta precisamente cuando no lo esperamos. Por algo lleva tal nombre. Trajinaba las calles pateando papeles y confundiendo a cada instante las cajetillas de cigarrillos con billetes. Era una especie de obsesión que no podía apartar de mi mente.

¡Cuánto anduve durante muchas noches, por la alameda, por la plaza, por las más apartadas calles! Y tanto trajín para retornar solamente con más hambre que de ordinario.

Acabé también por renunciar.

El día veintinueve por la tarde, mi madre me mandó a la agencia para que le empeñase el vestido que le habían regalado para su cumpleaños. Obtuve apenas cinco pesos por él, aparte de las pullas y chuscadas del agenciero, y me devolví con prisa, pues no había qué comer esa noche. Al endilgar hacia mi barrio, divisé allí a lo lejos, bajo la lamparilla de la media cuadra, las siluetas del Chucurro y el Tululo. Por suerte no me conocieron y pude esquivarlos volviendo atrás y tomando la calle próxima.

Recién empezaba a caminar por ella, cuando sentí detrás de mí un rumor de carreras, un jadeo, un redoblar de cascos que se aproximaban. "Los pacos que vienen siguiendo a uno", pensé de inmediato, y me atraqué a la muralla. Por la misma acera avanzaba una silueta oscura que corría con la gorra en la mano, mirando hacia atrás. A la vuelta de la esquina —calculé que en la media cuadra— resonaban los sables policiales. La silueta del fugitivo estuvo a punto de estrellarse conmigo, y yo extendí las manos para amortiguar el choque. Entonces sentí caer entre ellas una cosa de cuero que atrapé instintivamente.

—¡Toma cabro, escóndela!

Me metí aquello bajo la blusa, sin saber lo que era. El hombre torció en la calle próxima, a tiempo que los pacos asomaban en la otra. La ampolleta de la esquina lo delató, y hacia allá prosiguieron los caballos sacando chispas de las piedras. Detrás sentí una confusión de gritos:

—¡Lo van a pillar!

—¡Para el lado de la Acequia Grande tomó!

—¡Pobre gallo!... Mejor que se les vaya, porque sino...

—¿Y qué haría?

—No sé... Dicen que estaba peleando a cuchilla...

—No, si es el Manso, un punga del Matadero...

Prosiguieron corriendo para conocer hasta el último detalle del suceso.

Yo conseguí despegar mis pies del suelo y emprendí una carrera endemoniada que no paró sino en la puerta de mi casa. Durante el trayecto apretaba a morir aquella cosa que me entregara el Manso.

Yo debía tener una cara tan azorada, que mi madre se sobresaltó.

—¡Apuesto a que perdiste la plata! —me dijo con ansiedad.

—No... no..., balbucí dejándome caer en la cama, pues realmente no podía más.

—Entonces, ¿qué pasa?

—Espérese..., espé... rese..., supliqué resoplando. Sentí detrás de mí a Estela y Sonia.

Cuando pude normalizar el resuello, saqué de entre mi blusa la cosa que había recibido: era una billetera. Y, al abrirla, rodaron de adentro no sé cuántos billetes, unos de a cien, otros de a cincuenta.

Las mujeres estaban atónitas, deslumbradas.

—¿De dónde sacaste eso, Roberto?, me preguntó mi madre severamente.

Entonces relaté lo sucedido.

—Si han pillado a ese punga te van a buscar, dijo Estela.

—No me vio nadie..., estaba oscuro, aclaré yo.

Comenzaron a revisar la billetera. Contenía seiscientos treinta pesos: una suma que nunca había estado junta en casa. Había también una tarjeta y una carta dirigida al mismo nombre de la tarjeta.

—¡Don Pedro Ibarra!, dijeron a un mismo tiempo mi hermana y mi madre.

Don Pedro Ibarra era el propietario de los más grandes duraznales que poseía el pueblo. A él pertenecía la fábrica de conservas que se alzaba en el otro extremo de la ciudad. Era temido y odiado en todas partes por el trato que daba a sus trabajadores y por los castigos despiadados que infligía a quienes entraban a robar duraznos a sus quintas.

—Hay que devolverla, remató mi madre.

Entonces intervino Estela.

—Ese hombre es un millonario —dijo— y en cambio a nosotros... a nosotros nos echarían a la calle si no pagamos.

—Pero es un robo.

—Un robo que no le hará falta. Esperaremos hasta mañana para saber qué ha sido del ladrón.

Y mi hermana guardó la billetera con una decisión inflexible. Al otro día, los periódicos locales anunciaban: "Ayer fue detenido Joaquín Morales (a) El Manso, punga reconocido...".

Estela, que leía, se saltó varios renglones:

—Ahora podemos pagar tranquilas, concluyó mi hermana doblando el periódico.

Esa misma noche quedaron cancelados los tres meses de arriendo.

El 25 de marzo —lo recuerdo perfectamente porque yo estaba leyendo la hojita del día anterior que recién había arrancado del calendario— sentí afuera el rumor de un coche y enseguida unos golpes a la puerta.

Al abrir, mientras mi madre se inmovilizaba enjugándose las manos con el delantal, me hallé en presencia de mi tío Antonio. Venía a tratar con mi madre un asunto de importancia, pero mi presencia no le estorbó para que se explayara allí mismo.

Mi tío necesitaba una cajera para su molino y había pensado en Estela. Además, Sonia podía trabajar cosiendo sacos harineros y aun para mí había un empleo que consistía en poner la marca del molino a esos mismos sacos.

—Es un trabajo fácil —me dijo—. Se trata de colocar encima de la tela una plancha de bronce calada y pasarle enseguida una escobilla con tinta. Te pagaré a peso el ciento. Naturalmente, ustedes tendrán que trasladarse al molino —añadió dirigiéndose a mi madre—.

Allí tengo una casa desocupada.

La expectativa me pareció magnífica al comienzo, pero en seguida pensé en Mariángela y me entristecí. El molino quedaba muy alejado de la ciudad, a dos leguas cuando menos, en mitad de los campos.

Sin embargo, mi madre había aceptado. La perspectiva de enfrentarse de nuevo con el arrendador no era nada halagüeña. Quién sabe si pensaría en la escasez del sueldo de Estela y en los seiscientos treinta pesos providenciales, de los que ya no nos quedaba sino un grato recuerdo.

Se acordó, en consecuencia, que nos trasladaríamos al molino el primero de abril.

Mis entrevistas con Mariángela habían comenzado a ser irregulares. La chica parecía un poco lejana y esquivaba cada vez más mis besos. Yo, que vivía para verla una hora cada semana, sufría todas las torturas del infierno. Aquel cambio concluiría por romper las últimas hebras de mi magnífico sueño.

No pude, sin embargo, obtener una entrevista con ella sino pasados tres días, a pesar de los papeles que le mandé con nuestra mensajera, la pecosa de pelo rizado, que se llamaba Herminia.

Al fin pudimos vernos y le conté mi situación casi con un sollozo en la garganta. Escogí con cuidado las palabras para no ocasionarle sufrimiento, aunque mostrándole claramente mi tremendo pesar; pero en vez de la explosión que yo esperaba, la oí responder, aterrado:

—Eso quiere decir que no volveremos a vernos.

—Comprende que no ha sido culpa mía, le supliqué juzgando que su frialdad emanaba del resentimiento que le había ocasionado mi confesión.

—Tal vez sea mejor —me respondió—. Buenas noches, Roberto.

—¡Pero, Mariángela, Mariángela! ¿Te vas a ir así?

Apenas torció la cabeza para mirarme por encima del hombro. Después empezó a caminar por la acera en dirección a su casa. En la esquina se encontró con un par de amiguitas del vecindario y la vi cómo les señalaba con la cabeza, riendo, hacia el lugar en donde yo me encontraba.

Hubiera deseado morir allí mismo.

Y amaneció el día de nuestra partida sin que volviese a verla. Yo había esperado un mensaje suyo, unas palabras de adiós, un recuerdo para llenar la soledad espantosa en que me hallaba sumido. Permanecí dos noches en la plazuela, desde las ocho hasta las once, esperando que se compadeciera de mí. Cuando toda esperanza de que viniera se hubo extinguido, me puse a rondar su casa y escuché adentro, como un insulto, el hueco y estridente canto de una victrola. Ella reía con sus hermanas, olvidada de mí: hubiera podido distinguir entre el tumulto su melodiosa carcajada.

Me marché calle abajo, seguido por la luna de mi infancia, más grande y dolorosa que otras lunas.

El ajetreo de la casa donde los muebles y artefactos comenzaban a perder su ubicación vino a distraerme un poco. Durante las horas que yo había perdido por las calles, desangrándome, lo habían desarmado casi todo. Las ollas, platos, cucharas, parrillas y otras cosas menudas estaban apiladas en un ancho canasto de mimbre. Los cuadros y calendarios habían sido arrancados de las paredes y solo quedaban sobre la cal amarillenta unos rectángulos más claros, indicando el sitio que antes ocuparan. Las camas parecían algo ajeno al ambiente, tan tranquilas como siempre en medio de aquel desorden donde uno tropezaba con bultos de ropa, cartones, papeles o cajas de remedios inservibles. Esa noche dormí como si lo hiciera en un lugar extraño, de paso. Todo el trastrueque de las cosas habituales concordaba plenamente con la dolorosa confusión que sentía dentro de mí.

Como a las siete de la mañana llegó el carretón que nos mandaba el tío Antonio para la mudanza. Yo estaba todavía en la cama, desoyendo las repetidas advertencias de mis hermanas que habían ido seis o siete veces a despertarme. Comencé a vestirme entre el barullo que armaban los cargadores al transportar las primeras piezas del pobre mobiliario.

Fui hasta el pilón para echarme unas manotadas de agua en el rostro y enseguida tomé mi desayuno de pie, en el único pocillo que no estaba embalado. Luego hube de lavarlo muy a prisa, para meterlo en la canasta que ya era levantada por dos mocetones olientes a sudor. Cuando salí a la calle, ya el carretón estaba casi repleto. Solo quedaba un hueco para meter mi cama, que mis hermanas habían arrollado mientras yo me desayunaba. La carga era un rimero confuso en que sobresalían las patas de una mesa, unos pedazos de madera, el mango de un paraguas roto, embutido a última hora, el asiento de una silla que dejaba ver las pajas colgantes. Algo parecido a lo que debe quedar después de un terremoto.

Mi madre me llamó a un lado:

—Tú te irás con la carga para que los hombres no vayan a robarse algo.

Me coloqué allá arriba, sobre la pallasa de hojas de maíz que me servía de lecho, y en seguida mi hermana mayor me puso entre los brazos un par de maceteros de greda con plantas de aspidistra.

—No vayas a soltarlos —me advirtió— porque se romperían. A nosotras nos mandarán a buscar en coche.

Desde lo alto eché una última mirada al barrio. Allí estaba la vía férrea, más allá los potreros tranquilos; de este lado, las casas chatas, los alambres eléctricos en que colgaban volantines rotos, unos perros jugando, una vieja y una muchacha que retornaban desde un establo cercano con sus jarras de leche. Todo igual a todos los días, menos mi corazón en que algo comenzaba a desgarrarse.

Una racha de viento que hizo zumbar los alambres que corrían junto a la línea, me trajo la evocación del Diente de Oro, de la Vieja Linda, de Menegildo, de Rosa Hortensia. Luego cruzaron por mi mente las siluetas de mis tres compañeros de correrías. A estos les perdonaba todo. Mis rencores se diluían en un sentimiento de nostalgia, esfumado y lloroso.

Solo en aquel momento comprendí cuántas cosas de mi vida quedaban atrás.

Comenzó a caminar el carretón y sentí remecerse toda la carga bajo mi cuerpo. Al cabo de una cuadra me dolían las asentaderas y las costillas, porque la pata de una mesa me las rozaba a cada rato. No podía arreglarme debido a los dos maceteros que me impedían cambiar de posición. Salían viejas y chiquillos a mirar la mudanza. Un muchacho que encumbraba un volantín con los colores chilenos en el filo superior de un tejado, me gritó:

—¿Te vas para las brevas, cabro?

Y al ver que no le respondía, me largó un cascotazo que vino a destriparse junto a mis pies.

Yo miraba alejarse el barrio como si fuera rompiendo los hilos que lo ataban a mi corazón. El vehículo torció dos o tres veces. Yo, ensimismado, iba tejiendo pesarosas evocaciones. De pronto, levanté la cabeza y reconocí los árboles de la plazuela donde me juntaba con Mariángela. La miré intensamente, buscando el banco en que solíamos sentarnos. Allí estaba, ocupado por un viejo paralítico que había salido a tomar el sol.

De pronto comprendí que íbamos a pasar por frente a casa de ella. Traté de ocultar la cabeza por si Mariángela estaba en la puerta. Me costó gran trabajo arquear el cuerpo, pues la carga, al correrse, había ido comprimiendo el espacio de que disponía. Opté por elevar uno de los maceteros de modo que las hojas de la aspidistra quedaran frente a mi rostro. E hice bien, porque allí estaba ella, allí estaba Mariángela conversando con su amiga Herminia y con otra persona. Esta otra persona era un cadete de traje azul, cinturón y guantes blancos y botones relucientes. Era rubio, de rostro sonrosado, de modales tan finos como Edilberto.

Ella ni siquiera se dio cuenta, no le avisó su corazón que yo pasaba entre todos aquellos trastos. Fue el cadete quien les indicó el carretón, diciéndole alguna cosa que tendría un montón de gracia, pues se rieron las dos mirando la miseria que pasaba, sin saber que se reían de mí.

Y el vehículo siguió calle abajo, siempre calle abajo, saltando sobre las piedras, hasta hundirse en el campo que se abría como un paño verde y tierno para enjugar mis últimas lágrimas de niño.

FIN

COLOFÓN

Equipo editorial: Rodrigo Fuentes Díaz, Paula Díaz Rodríguez, Fernando Salinas Rebolledo, Gabriela Corral Dueñas, Carolina Triviño Morales.
Este texto fue compuesto con tipografía Garamond diseñada por Claude Garamond en el siglo XVI en Francia. Cuerpo de texto tamaño 11 / interlineado 12,5 / justificado a la izquierda. Títulos **Trajan Pro** tamaño 16 / interlineado 16. Libro impreso a 1/1 colores, negro / papel bond 80 con un pliego impreso a 4/4 / hotmel. Equipo de imprenta Taller: Roberto Cornejo, Luis Quinteros, Gonzalo Guerra, Iván Marey, Luis Marchant, Moisés Martínez, Nelson Martínez, Jilberto Medina, Jeffrey Medina, Yanet Osorio, Juan Pavez, Antonio Valenzuela, Manuel Solorza, Elizabeth Reyes, Jorge Gallardo, Mario Santander, Stanley Hilaire, Junior Limage, Esteban Antil, Anelson Renonce, Emmanuel Jean, Luis Flores, Marcelo Carreño, Camila Fernández, Thais Toro, Sergio González, Walter Vásquez y Nitza Magaña. Producción Preprensa y Diseño Angelo Escobar, Jonathan López, Carlos Moreno, Raúl Orozco y Jaime Armijo. Administración Joselin Cuitiño, Omar Rodríguez, Soledad Gorostiaga, Rodrigo Fuentes, Pedro Reyes y Claudio Sapag. Ejecutivos de Venta Gonzalo Gabarró, Alex Alarcón y Andrés Díaz.

Este libro se terminó de imprimir
en los talleres de Copygraph
en enero de 2018.